COLETTE

D0009724

LA NAISSANCE DU JOUR

Préface et chronologie
par
Claude PICHOIS

GF Flammarion

PACIFIC UNIVERSITY LIBRARY
FOREST GROVE OREGON

© 1928, FLAMMARION, Paris, pour le texte.
© 1984, FLAMMARION, Paris, pour cette édition.
ISBN : 2-08-070430-3

3 5369 00271 5249

PRÉFACE

Il est difficile d'écrire sur Colette, si on ne veut pas la paraphraser, — et plus difficile encore de présenter un de ses livres que la postérité a déjà consacré. Chez elle, tout est limpide, ou le paraît, d'une limpidité qui annule les encres critiques. Limpidité ou transparence : les doigts n'ont pas plus de prise sur l'eau que sur l'une de ces boules de cristal dont elle affectionnait la présence apaisante. Hors du domaine de la simple biographie, son œuvre n'offre pas d'arête : c'est pourquoi, sans doute, elle n'a pénétré que lentement dans quelques milieux «intellectuels», alors qu'en France et à l'étranger, elle trouvait facilement, ce qui valait mieux, une large audience parmi les lecteurs sans prétention mais non sans vraie culture.

Cette limpidité, cette transparence donnent toujours l'impression de l'aisance dans la composition comme dans l'écriture. A Colette les affres du style semblent avoir été épargnées. Et pourtant de quelles souffrances fut accompagnée cette *Naissance!*

Colette avait promis un roman aux Éditions Flammarion. Au début de juillet 1927, juste avant de quitter Paris pour Saint-Tropez, ayant déjà une idée de ce qu'il pourrait être, elle procède à un «travail émouvant» : «relire, toutes, les lettres de maman, et en extraire quelques joyaux». A la Treille muscate, la petite propriété qu'elle a achetée et transformée à Saint-Tropez, elle retrouve d'abord son émerveillement et son enthousiasme devant la nature méditerranéenne que Maurice

Goudeket lui avait fait découvrir deux étés plus tôt. Puis, elle se met à l'œuvre, s'épargnant le vertige de la page blanche par de nobles papiers bleu de source ou vert tendre. Alors, sous l'azur, retentit la longue plainte : « Et le travail ? ? ? Page 27, mon chéri — confie-t-elle encore à Marguerite Moreno, le 28 août —, voilà où j'en suis. » Le 14 septembre à la même : « Mon travail ? Trente-cinq pages, — et le désespoir. » *La Naissance* inachevée est rapportée à Paris, dont l'air lui profitera peu. Ce chant lyrique offert par la néophyte aux dieux méditerranéens exige pour sa maturation l'exubérance du Midi, où il ne connaîtra d'ailleurs pas une trop rapide croissance. A la fin de décembre, faute de pouvoir s'installer dans une Treille méridionalement glaciale, Colette descend au Kensington Hotel, à La Croix (Var). « Je travaille ? Oui, si travailler est déchirer ce que j'ai fait la semaine passée et recommencer », — écrit-elle à Marguerite Moreno le 23. Et le 27 : « Je travaille avec un dégoût incroyable, et une constance méritoire. » A peu près le même jour, à Léopold Marchand, qui a collaboré avec elle pour porter à la scène *Chéri* et *La Vagabonde* : « Mon roman se défend comme un démon contre moi. » Le 5 janvier 1928, le ton change, s'apaise ; la confiance renaît. « Je travaille avec une rigueur qui, si elle ne donne pas de résultats abondants, me conserve une sorte d'estime pour moi-même : ça fait *huit* fois que je recommence ma scène avec l'homme. Il me semble que je franchis un tournant... Mais, il y a seulement deux jours, je devenais enragée et je ne dormais pas, pas assez, du moins. Le bilan, en pages, depuis mon arrivée le 19 décembre ? Moins de 40. Je crois 35. Tu vois. » C'est pour Marguerite Moreno qu'est dressé ce « bilan ». Colette rentrera à Paris — *La Naissance* est un roman P.L.M. — sans avoir entièrement terminé l'œuvre à laquelle, toutefois, le Midi aura permis de passer le cap le plus difficile : « Encore plus de 60 pages à tirer ! », note-t-elle au retour pour Léopold Marchand. Ce n'étaient pas les plus résistantes, et la publication prit date à la fin de mars 1928.

Entre temps, Colette s'était lancée dans la composition d'une œuvre nouvelle, *La Seconde*, un roman-roman, qu'elle n'achèvera qu'à la Saint-Sylvestre suivante, et qu'elle avait commencé dans l'euphorie. Comme si d'avoir été obligée d'écrire un roman là où elle voyait un poème fait de souvenirs et de lyrisme, l'avait rendue, plus dispose, à un genre qu'elle avait illustré peu auparavant avec *Chéri* et *La Fin de Chéri*.

Si Colette n'a jamais connu la facilité d'écrire, la difficulté plus grande qu'elle a rencontrée dans la création de *La Naissance du jour* provient de l'incertitude de la fin qu'elle se proposait d'atteindre. La fin? Les fins plutôt. Génétiquement, ce livre a hésité entre le roman, l'exaltation de la nature méditerranéenne et des amitiés estivales, l'évocation d'amours personnelles, anciennes et récentes, et le monument qu'un secret devoir lui commande d'élever à Sido. De la combinatoire l'évocation des amours successives, par quoi commençaient deux versions du manuscrit, a été écartée. Reste que les trois autres origines constituaient trois points bien difficiles à transformer en sommets d'un triangle.

«Ça fait *huit* fois que je recommence ma scène avec l'homme», avec Vial, donc, pour le décourager, l'éloigner de l'«héroïne», le jeter à Hélène Clément qui le convoite. Colette l'eût-elle recommencée seize fois que la scène n'en serait peut-être pas plus convaincante. André Billy l'avait noté dans *L'Œuvre* du 17 avril 1928 : *La Naissance* n'est pas un roman, bien qu'elle en ait tous les caractères extérieurs. Et Colette le remerciait ainsi de son compte rendu : «on ne peut rien cacher à votre clairvoyance : vous avez flairé que dans ce roman le roman n'existait pas». Le roman n'existe pas, parce qu'il ne pouvait pas alors exister.

A Renée Hamon, le Petit Corsaire, qui ne savait pas «ce qu'on doit mettre dans un livre», Colette répondait : «Moi non plus, figure-toi. Je n'ai acquis de petites lumières que sur ce qu'il vaut mieux n'y pas mettre. Ne peins que ce que tu as vu. Regarde longuement ce qui te fait plaisir, plus longuement ce qui te fait de la peine. Tâche d'être fidèle à ton impression première. [...] N'écris pas ton reportage au loin, il te semblerait méconnaissable en revenant ici. On n'écrit pas un roman d'amour pendant qu'on fait l'amour...» Mais la réciproque : écrire un *roman* du renoncement pendant qu'on fait l'amour, n'est pas vraie. Comment inverser celui que l'on aime, et qui est doué de toutes les séductions de la vie, en celui à qui l'on renonce et qui s'estompe, alors que partout ailleurs, dans l'œuvre, éclate la vérité du paysage et des êtres. D'où l'erreur qui confond Vial avec Maurice Goudeket et que l'auteur de *Près de Colette* a dénoncée : «Je n'en suis pas le modèle, comme on l'a cru, et ne pouvais l'être. Je reconnais en Vial un jeune antiquaire de Saint-Tropez, mais ma présence constituait une gêne pour que le portrait fût bon.»

On a déjà prolongé cette remarque en une réflexion sur les personnages masculins de l'œuvre romanesque de Colette. Combien sont-ils qui ont reçu la vie ? Fut-elle donnée à Antoine (*L'Ingénue libertine*), à Dufferein-Chautel (*La Vagabonde*), à Jean (*L'Entrave*), à Farou (*La Seconde*), à Alain (*La Chatte*), à Michel (*Duo*), hommes qui entretiennent des relations amoureuses avec l'«héroïne»? On en peut douter. Ils sont comme écrasés par une présence masculine dans la vie même de Colette. N'échappent à cette existence larvaire que des adolescents — Chéri, Phil (*Le Blé en herbe*) — ou des personnages secondaires, transcrits de la réalité : ainsi, dans *La Vagabonde*, Brague et Hamond qui empruntent leurs traits, l'un à Georges Wague, le célèbre mime qui fut le maître et le partenaire de Colette, l'autre à Léon Hamel, son secret confident de ces mêmes années qui précèdent la première guerre.

Que le portrait de Vial ne soit pas convaincant, c'est ce que rend plus frappant encore la vie dont sont animés ceux — hommes et femmes de chair et d'os — que Colette aimait retrouver à Saint-Tropez et qui entrent de plain-pied dans le «roman» : Luc-Albert Moreau, qui, précisément, illustrera *La Naissance du jour*, et sa

compagne Hélène Jourdan-Morhange, l'amie, la confi-
dente de Ravel ; Dunoyer de Segonzac, qui se prépare à
créer avec Colette *La Treille muscate* ; Régis Gignoux et
sa compagne, l'actrice Thérèse Dorny ; Francis Carco,
le peintre Villebœuf et autres. C'est, en partie, Montmartre transporté au rivage du Var.

Un peu plus vivante que Vial, Hélène Clément n'a pas
la sympathie de Colette. Au moment où celle-ci passe de
la maturité à une vigoureuse vieillesse, elle n'a que dépit
et hargne à l'égard des jeunes filles modernes, émanci-
pées. Ce qu'Alain, dans *La Chatte*, pensera de Camille,
elle le pense : « Il [...] la cotait à son prix de jeune fille
d'aujourd'hui. Il savait comment elle menait une voiture, un peu trop vite, un peu trop bien, l'œil à tout et
dans sa bouche fleurie une grosse injure toute prête à
l'adresse des taxis. » Hélène n'est pas de ce milieu d'artistes auquel elle feint d'appartenir : son papa « est
camarade de collège avec le ministre ». Elle est margi-
nale par rapport à ces marginaux, ce qui la renvoie à la
bourgeoisie. Hélène et Vial, mariés, finiront dans les
limbes des cadres moyens ou supérieurs. Ils n'ont pas le
statut de personnages de roman, n'ayant pas la confiance de l'auteur.

Cependant, si Hélène nous touche quelquefois par sa
fierté, c'est qu'elle doit certains traits à une autre
Hélène, Hélène Picard, qui accompagna Colette de
1920 jusqu'à sa mort en 1945, conclusion d'une longue déchéance physique. Dans les dernières années du
mariage avec Henry de Jouvenel (1920-1923), Hélène
Picard fut la secrétaire de Colette au *Matin*, quotidien
dont celle-ci dirigeait la rubrique des « Contes ». L'été,
elle rejoignait pendant quelques semaines Colette à Rozven, la propriété que Colette avait près de Saint-Malo.
Elle y retrouvait les Marchand et les Carco. Francis
Carco lui inspira un amour qui s'épanche avec talent
dans les poèmes de *Pour un mauvais garçon* (1927). Le
sentiment qu'Hélène Clément porte à Vial est celui
qu'Hélène Picard éprouva pour Carco. Mais on devine
que les premiers finiront par s'entendre, tandis que
Carco « plaisantait parfois assez durement » Hélène

Picard qui « se laissait molester par lui avec une sorte de gratitude [1] » et ne s'en remit jamais.

On le voit, l'équivoque est aussi dans le traitement que subissent ou ne subissent pas des êtres réels. Les uns passent tout droit de la vie dans l'œuvre. D'autres s'accommodent de la fiction. Encore les premiers ne sont-ils montrés que dans ce qu'ils ont de pittoresque ou de joyeusement affecté, à l'écart de ce qui est leur vie propre : la création. Quant à l'auteur, il est tantôt narrateur, tantôt personnage. Tout le livre hésite ainsi entre la fiction et l'autobiographie, complexité qui en est l'un des éléments d'intérêt.

Pour des raisons financières — le roman ayant une plus grande valeur marchande [2] —, Colette devait, contre son gré, contre la situation qu'elle vivait, écrire un roman, qu'elle ne pouvait écrire. Quand *La Naissance du jour* paraît, en 1928, elle a cinquante-cinq ans. Il lui faut écrire le roman du renoncement. Mais elle renonce à renoncer. On n'écrit que du passé. Elle vit le présent. Elle écrit donc le poème du renoncement, pour conjurer l'avenir qui la menace et protéger cet amour d'automne qui l'attache à Maurice Goudeket. *La Naissance du jour* fait silence sur cet amour : c'est le gage que ce dernier amour se transformera en amitié tendre, en amitié première et qu'alors le monde — souvent réduit pour elle à un seul être — lui sera de nouveau offert. « Le difficile, disait-elle, ce n'est pas de donner, c'est de ne pas tout donner. » Maurice Goudeket, à qui nous empruntons ces lignes et dont les souvenirs, *Près de Colette*, sont pour les années qui suivent 1925 un juste accès à la connaissance de Colette, voit en elle une « secrète austérité ». Ne pas tout donner : se conserver les éléments d'un refuge, d'où partir pour d'autres conquêtes.

« C'est folie — première phrase de *Bella Vista* en

1. Ces expressions sont empruntées à l'article que Colette a consacré à Hélène Picard (*Revue de Paris*, 1er mai 1945), article recueilli dans *L'Étoile Vesper* et en tête des *Lettres à Hélène Picard* (Flammarion, 1958).
2. L'édition originale porte *La Naissance du jour / roman*, à la page de titre comme à la couverture.

1937 —, c'est folie de croire que les période vides d'amour sont les «blancs» d'une existence de femme. Bien au contraire.» Dans la femme, alors, perce avec vigueur l'écrivain.

La Naissance du jour représente, dans le grand mouvement de flux et de reflux qui porte l'œuvre de Colette, un témoignage capital. Qu'on prenne garde aux titres! La série des Claudine s'achève d'abord sur une Claudine s'en va, plus sérieusement sur La Retraite sentimentale (1907). La Vagabonde (1910) était aussi un roman du renoncement, plus convaincant peut-être comme roman que La Naissance. Mais celle-ci, parce que le renoncement y est prononcé sans espoir de retour, montre, décuplées, centuplées, les forces qui risquaient de se désagréger. Ramassées, elles n'ont plus à compter avec d'autres amours. Dépouillement, enrichissement, un «thème contradictoire» que Thierry Maulnier soulignait dans son Introduction à Colette, en rapprochant La Retraite sentimentale — l'adieu à la première jeunesse — de La Naissance du jour— l'adieu à la seconde jeunesse.

De fait, l'un est pour Colette la condition de l'autre. Comment engranger, si l'on est toujours aux champs? Et Colette a de riches moissons à recenser. Surtout cette découverte de la Provence d'été qui correspond à sa dernière exaltation amoureuse. Elle qui avait été accoutumée aux ciels voilés des côtes de la Manche ou à la lumière pour tuberculeux de la Côte d'Azur en hiver, elle avait, en 1925, dans un sentiment profondément panique, communié avec ces rives, qui n'étaient pas encore déshonorées et où n'avait pas été entendu le cri funèbre : «Le Grand Pan est mort.» La découverte s'exprime, lyrique, dans ses lettres de 1925, dans celles-ci, entre autres, qui ont pour destinataire Léopold Marchand :

«Léo, la maison est orange et bleue, et posée dans le bois de pins, à cru. Autour, c'est la montagne boisée, et la mer, où on se laisse rouler. Sais-tu où j'ai couché cette nuit? Dehors, sur mon matelas. Et je vais continuer. Pas un moustique, par une goutte d'humidité. Le gars Maurice m'a lâchement laissée essayer ce mode de couchage, mais il en goûtera. Léo, le lever du jour sur la mer, à côté du lit sous la pergola ! Je ne connaissais pas ce brûlant été éventé de frais, et ces froides nuits. Et Saint-Tropez a un bal de pêcheurs où nous élisons parfois domicile. Mon petit Léo, quand on rencontre, à n'importe quel temps de sa vie, des compagnons comme toi et comme le gars Maurice, il ne faut pas se plaindre.»

«Ce que je voudrais te peindre, ce qui ne cesse de m'étonner, c'est ce pays, sa température, son climat singulier et incomparable. Rien n'y souffre de la chaleur, pas même nous. La verdure, la *vraie* verdure, le figuier, le tamaris, l'arbre fruitier, le liège, la vigne, laissant juste de quoi passer le long de la mer[1].»

Passages dont le lecteur trouve des analogues dans *La Naissance*, — «le gars Maurice» excepté. On se rappellera la déclaration à Renée Hamon; en 1925, Colette confie ses impressions méditerranéennes à ses amis. Elle ne consacre pas officiellement l'objet de sa ferveur épanouie. En 1927, lorsque ses impressions premières se sont un peu atténuées, elle peut les recréer en s'aidant de ce qu'elle voit, mais plus encore de ce dont elle se souvient.

Cette ferveur méditerranéenne n'est pas dispersion. En même temps qu'elle se donne à tout ce qui l'entoure, Colette, dans ce dépouillement, va vers un autre enrichissement : un approfondissement d'elle-même. Aux confins de la maturité et de la vieillesse, elle prend plus nettement conscience de ses sources intimes.

Les animaux cessent de parler, sinon par monosyllabes; ils retournent à la jungle, sauf pour celle qui a su se les attacher par des prestiges qui ne tiennent pas de la raison, donc pas de la parole. Dans leur incompréhensible attachement à l'être humain, ils reflètent l'amour des hommes. Ils accourent à la rencontre de la narratrice, «baignés de lune, pénétrés des baumes qu'ils

1. Colette, *Lettres de la Vagabonde* (Flammarion, 1961), respectivement p. 186 (29 juillet 1925) et 192 (6 août 1926).

prennent aux perles de la résine, aux menthes velues, divinisés par la nuit». Elle s'étonne que, «si libres et si beaux, maîtres d'eux-mêmes et de cette heure nocturne, ils choisissent d'accourir à [sa] voix». Ne sont-ils pas, avant les plantes, le lien le plus fort qui l'unisse à la nature ?

Un lien auquel Sido a rendu Colette attentive. Qu'on n'attende pas ici les couplets classiques sur l'amour filial de Colette pour sa mère. Les documents intimes montrent que la mère, quelque immense affection qu'elle eût pour sa petite dernière, sa Gabri bien-aimée, lui reprochait de se montrer nue sur des scènes de music-halls plutôt que de rester à l'écritoire et n'appréciait pas plus le scandale du Moulin-Rouge (1907) que les démêlés conjugaux avec Willy. Colette ne répondait pas à ces reproches et, pendant les dernières années de la vie de sa mère, elle resta plutôt à l'écart. Sido morte, le travail du deuil, et du remords, fit lentement son œuvre. Dans *La Maison de Claudine* (1922), «Sido» n'apparaît que dans un chapitre ; partout ailleurs elle est, dans ce volume, appelée «ma mère». Dans *La Naissance du jour* (1928) son prénom apparaît après la première lettre citée, la lettre du cactus. Sido ne brillera de tout son éclat que l'année suivante lorsque Colette publiera *Sido, ou les points cardinaux*, texte qui deviendra en 1930 *Sido*, simplement. Comme si sa fille avait craint d'employer le diminutif qu'employait le Capitaine pour nommer l'épouse à laquelle il était tendrement attaché. «Sido», deux syllabes, un tabou, longtemps difficile à transgresser.

Mais Colette procède, inconsciemment, à un sourd travail de mine. Si elle n'ose d'abord toucher au nom, elle investit la personne de Sido et s'empare de ses lettres. Dans *Près de Colette* Maurice Goudeket écrivait : «Les lettres de Sido reproduisent celles que Sido écrivit.» Par les trois exemples que nous citons en appendice[1], on verra qu'il n'en est rien. Sido a, certes, un

---

1. P. 169-171.

style, qui traduit son tempérament spontané et un caractère peu porté au conformisme. Ce style ne s'accorde pas toujours avec les règles du bien écrire. Colette remodèle les lettres, avec beaucoup de tact, au point qu'on peut croire être en présence des originaux.

Sidonie Landoy, épouse Colette ; Sido : une personne devient un personnage. Ce personnage résulte d'une idéalisation de la mère par la fille et de Colette par elle-même. Il ne serait pas faux de prétendre — tous autres traits étant d'ailleurs dissemblables ! — que Colette procède comme Rodrigue, qui projette devant lui l'image du Cid. Colette projette son image devant elle en y incorporant celle de Sido. Ce que dit l'épigraphe du livre, curieusement empruntée au livre même[1], en un jeu rassurant de miroirs bien conforme aux exigences dominatrices de Colette.

Dans *La Naissance du jour*, Sido, figure tutélaire, ne représente pas seulement la flore, la faune, les sources de la Puisaye, mais aussi, point cardinal, la fidélité à soi, la stabilité opposée au «vagabondage». Pensant à la Méditerranée, Colette s'oblige à redécouvrir sa terre natale. Elle n'abandonne pas l'une pour l'autre. Elle va d'acquêt en conquête, sœur de ces grands terriens qui, tels Claudel, n'ont eu aucune peine à juxtaposer dans leur géographie affective les pays lointains et leur terroir paternel.

Et dans la dimension temporelle, *La Naissance du jour* ouvre directement sur *Sido* (1930), au-delà sur *Le Fanal bleu* (1949). Plus Colette s'immobilise, plus le passé et le présent tendent à se confondre dans ce rêve quasi paradisiaque d'une existence qui n'exige le sacrifice d'aucun de ses jours.

La Naissance du jour ne se traduit pas *Le Jour se lève* ; deux expressions de même signification objective se heurtent en antithèse. Ici, un destin dont s'était emparé l'amour, le dur amour, prend fin ; là, un destin nouveau

---

1. Voir p. 19 et 53.

s'offre à celle qui, blessée, a su renoncer. *La Naissance du jour* célèbre la métamorphose d'un grand écrivain qui va désormais naviguer au plus près de soi, mais toujours en eaux profondes.

Claude PICHOIS.

Le texte adopté est celui de l'édition originale (Flammarion, 1928), plus fiable en quelques détails que celui des éditions d'*Œuvres* dites *complètes*.

LA NAISSANCE DU JOUR

> « Imaginez-vous, à me lire, que je fais mon portrait? Patience : c'est seulement mon modèle. »

> *(La Naissance du jour.)*

« *Monsieur;*

« *Vous me demandez de venir passer une huitaine de jours chez vous, c'est-à-dire auprès de ma fille que j'adore. Vous qui vivez auprès d'elle, vous savez combien je la vois rarement, combien sa présence m'enchante, et je suis touchée que vous m'invitiez à venir la voir. Pourtant, je n'accepterai pas votre aimable invitation, du moins pas maintenant. Voici pourquoi : mon cactus rose va probablement fleurir. C'est une plante très rare, que l'on m'a donnée, et qui, m'a-t-on dit, ne fleurit sous nos climats que tous les quatre ans. Or, je suis déjà une très vieille femme, et, si je m'absentais pendant que mon cactus rose va fleurir, je suis certaine de ne pas le voir refleurir une autre fois...*
« *Veuillez donc accepter, Monsieur, avec mon remerciement sincère, l'expression de mes sentiments distingués et de mon regret.* »

Ce billet, signé « Sidonie Colette, née Landoy », fut écrit par ma mère à l'un de mes maris, le second. L'année d'après, elle mourait, âgée de soixante-dix-sept ans.

Au cours des heures où je me sens inférieure à tout ce qui m'entoure, menacée par ma propre médiocrité, effrayée de découvrir qu'un muscle perd sa vigueur, un désir sa force, une douleur la trempe affilée de son tranchant, je puis pourtant me redresser et me dire : « Je suis la fille de celle qui écrivit cette lettre, — cette lettre et tant d'autres, que j'ai gardées. Celle-ci, en dix lignes, m'enseigne qu'à soixante-seize ans elle projetait et entreprenait des voyages, mais que l'éclosion possible, l'attente d'une fleur tropicale suspendait tout et faisait silence même dans son cœur destiné à l'amour. Je suis la fille d'une femme qui, dans un petit pays honteux, avare et resserré, ouvrit sa maison villageoise aux chats errants, aux chemineaux et aux servantes enceintes. Je suis la fille d'une femme qui, vingt fois désespérée de manquer d'argent pour autrui, courut sous la neige fouettée de vent crier de porte en porte, chez des riches, qu'un enfant, près d'un âtre indigent, venait de naître sans langes, nu sur de défaillantes mains nues... Puissé-je n'oublier jamais que je suis la fille d'une telle femme qui penchait, tremblante, toutes ses rides éblouies entre les sabres d'un cactus sur une promesse de fleur, une telle femme qui ne cessa elle-même d'éclore, infatigablement, pendant trois quarts de siècle... »

Maintenant que je me défais peu à peu et que dans le miroir peu à peu je lui ressemble, je doute que, revenant, elle me reconnaisse pour sa fille, malgré la ressemblance de nos traits... A moins qu'elle ne revienne quand le jour point à peine, et qu'elle ne me surprenne debout, aux aguets sur un monde endormi, éveillée, comme elle fut, comme souvent je suis, avant tous...

Avant presque tous, ô ma chaste et sereine revenante ; mais je ne pourrais te montrer ni le tablier bleu chargé de la provende des poules, ni le sécateur, ni le seau de bois... Debout avant presque tous, mais sur un seuil marqué d'un pas nocturne, mais demi-nue dans un manteau palpitant hâtivement endossé, mais les bras tremblants de passion et protégeant — ô honte, ô cachez-moi, — une ombre d'homme, si mince...

« Ecarte-toi, laisse que je voie, me dirait ma très chère revenante... Ah ! n'est-ce pas mon cactus rose qui me survit, et que tu embrasses ? Qu'il a singulièrement grandi et changé !... Mais, en interrogeant ton visage, ma fille, je le reconnais. Je le reconnais à ta fièvre, à ton attente, au dévouement de tes mains ouvertes, au battement de ton cœur et au cri que tu retiens, au jour levant qui t'entoure, oui, je reconnais, je revendique tout cela. Demeure, ne te cache pas, et qu'on vous laisse tous deux en repos, toi et lui que tu embrasses, car il est bien, en vérité, mon cactus rose, qui veut enfin fleurir. »

Est-ce ma dernière maison ? Je la mesure, je l'écoute, pendant que s'écoule la brève nuit intérieure qui succède immédiatement, ici, à l'heure de midi. Les cigales et le clayonnage neuf qui abrite la terrasse crépitent, je ne sais quel insecte écrase de petites braises entre ses élytres, l'oiseau rougeâtre dans le pin crie toutes les dix secondes, et le vent de ponant qui cerne, attentif, mes murs, laisse en repos la mer plate, dense, dure, d'un bleu rigide qui s'attendrira vers la chute du jour.

treillis

Est-ce ma dernière maison, celle qui me verra fidèle, celle que je n'abandonnerai plus ? Elle est si ordinaire qu'elle ne peut pas connaître de rivales.

J'entends tinter les bouteilles qu'on reporte au puits, d'où elles remonteront, rafraîchies, pour le dîner de ce soir. L'une flanquera, rose de groseille, le melon vert; l'autre, un vin de sable trop chaleureux, couleur d'ambre, convient à la salade — tomates, piments, oignons, noyés d'huile — et aux fruits mûrs. Après le dîner, il ne faudra pas oublier d'irriguer les rigoles qui encadrent les melons, et d'arroser à la main les balsamines, les phlox, les dahlias, et les jeunes mandariniers qui n'ont pas encore de racines assez longues pour boire seuls au profond de la terre, ni la force de verdoyer sans aide sous le feu constant du ciel... Les jeunes mandariniers... plantés pour qui ? Je ne sais. Peut-être pour moi... Les chats attaqueront par bonds verticaux les phalènes, dans l'air de dix heures bleu de volubilis. Le couple de poules japonaises, assoupi, pépiera comme un nid, juché sur le bras d'un fauteuil rustique. Les chiens, déjà retirés du monde, penseront à l'aube prochaine, et j'aurai le choix entre le livre, le lit, le chemin de côte jalonné de crapauds flûteurs...

Demain, je surprendrai l'aube rouge sur les tamaris mouillés de rosée saline, sur les faux bambous qui retiennent, à la pointe de chaque lance bleue, une perle... Le chemin de côte qui remonte de la nuit, de la brume et de la mer... Et puis, le bain, le travail, le repos... Comme tout pourrait être simple... Aurais-je atteint ici ce que l'on ne recommence point ? Tout est ressemblant aux premières années de ma vie, et je reconnais peu à peu, au rétrécissement du domaine rural, aux chats, à la chienne vieillie, à l'émerveillement, à une sérénité dont je sens de loin le souffle — miséricordieuse humidité, promesse de pluie réparatrice suspendue sur ma vie encore orageuse — je reconnais le chemin du retour. Maint stade est accompli, dépassé. Un château éphémère, fondu dans l'éloignement, rend sa place à la maisonnette. Des domaines étalés sur la France se sont peu à peu rétractés, sous un souhait que je n'osais autrefois formuler. Hardiesse singu-

lière, vitalité d'un passé qui inspire jusqu'aux
génies subalternes du présent : les serviteurs
redeviennent humbles et compétents. La
femme de chambre bêche avec amour, la
cuisinière savonne au lavoir. Ici-bas, quand
je ne croyais plus la suivre que de l'autre
côté de la vie, ici-bas existe donc une sente
potagère où je pourrais remonter mes propres
empreintes ? A la margelle du puits un fantôme maternel, en robe de satinette bleue
démodée, emplit-il les arrosoirs ? Cette fraîcheur de poudre d'eau, ce doux leurre, cet
esprit de province, cette innocence enfin,
n'est-ce pas l'appel charmant de la fin de la
vie ? Que tout est devenu simple... Tout, et
jusqu'au second couvert que parfois je dispose, sur la table ombragée, en face du mien.

Un second couvert... Cela tient peu de
place, maintenant : une assiette verte, un gros
verre ancien, un peu trouble. Si je fais signe
qu'on l'enlève à jamais, aucun souffle perni-
cieux, accouru soudain de l'horizon, ne lèvera
mes cheveux droits et ne fera tourner — cela
s'est vu — ma vie dans un autre sens. Ce
couvert ôté de ma table, je mangerai pourtant avec appétit. Il n'y a plus de mystère,
plus de serpent lové sous la serviette que
pince et marque, pour la distinguer de la
mienne, la lyre de cuivre qui maintenait, au-
dessus d'un vieil ophicléide du siècle dernier,
les pages désertes d'une partition où l'on ne
lisait que des « temps forts », semés à inter-
valles égaux comme des larmes... Ce couvert
est celui de l'ami qui vient et s'en va, ce n'est
plus celui d'un maître du logis qui foule, aux
heures nocturnes, le sonore plancher d'une

chambre, là-haut... Les jours où l'assiette, le verre, la lyre manquent en face de moi, je suis simplement seule, et non délaissée. Rassurés, mes amis me font confiance.

Il m'en reste bien peu, deux, trois amis, de ceux qui pensèrent autrefois me voir périr à mon premier naufrage; car de bonne foi je le croyais aussi, et je le leur annonçais. Ceux-là, un à un, la mort pourvoit à leur repos. J'ai des amis plus jeunes, surtout plus jeunes que moi. D'instinct, j'aime acquérir et engranger ce qui promet de durer au-delà de mon terme. À ceux-ci, je n'ai pas causé de si grands tourments, tout au plus des ennuis : « Allons, bon, *Il* va encore nous l'abîmer... Jusqu'à quand va-t-*Il* tenir tant de place ? » Ils conjecturèrent le dénoûment, ses drames, ses courbes de fièvre : « Typhoïde grave, ou bénigne éruption ? Le ciel confonde notre amie, elle s'arrange toujours pour attraper des affections si sérieuses! » Mes amis véritables m'ont toujours donné cette preuve suprême d'attachement : une aversion spontanée pour l'homme que j'aimais. « Et s'il disparaît encore, celui-là, que de soins pour nous, quel travail pour l'aider, elle, à reprendre son aplomb... »

Au fond, ils ne se sont jamais tellement plaints — bien au contraire — ceux qui m'ont vue leur revenir tout échauffée de lutte, léchant mes plaies, comptant mes fautes de tactique, partiale que c'en est un plaisir, chargeant de crimes l'ennemi qui me défit, puis le blanchissant sans mesure, puis serrant en secret ses lettres et ses portraits : « Il était charmant... J'aurais dû... Je n'aurais pas dû... »

Puis la raison venait, et l'apaisement que je n'aime pas, et mon silence, trop tard courtois, trop tard réservé, qui est, je crois bien, le pire moment... Ainsi va la routine de souffrir, comme va l'habitude de la maladresse amoureuse, comme va le devoir d'empoisonner, innocemment, toute vie à deux...

C'en est donc fini de cette vie de militante, dont je pensais ne jamais voir la fin ? Il n'y a plus que mes songes pour ressusciter, de temps à autre, un amour défunt, j'entends l'amour nettoyé de ses plaisirs brefs et localisés. En songe, il arrive qu'un de mes amours recommence, avec un bruit indescriptible, une confusion de paroles, de regards traduisibles en deux ou trois versions contradictoires, de revendications... Sans transition ni coupure, le même rêve s'achève en examen de brevet élémentaire, en fractions décimales, et si l'oreiller au réveil est un peu humide sous ma nuque, c'est à cause du brevet élémentaire. « Une seconde de plus, et j'échouais à l'oral », balbutie la mémoire encore engluée. « Ah! ce regard qu'il avait dans mon songe... Qui ? Le plus grand commun diviseur ? Non, voyons, Lui, Lui, quand il m'épiait par la fenêtre, pour savoir si je l'avais trompé... Mais ce n'était pas Lui, c'était... Etait-ce... ? » La lumière monte, élargit de force une baie vert doré entre les paupières... « Etait-ce Lui, ou bien ?... — je suis sûre qu'il est au moins sept heures — s'il est sept heures, c'est trop tard pour arroser les aubergines : le soleil est dessus — et pourquoi est-ce qu'avant de m'éveiller je ne Lui ai pas brandi sous le nez cette lettre, où il me promettait la paix,

l'amitié, une connaissance meilleure et réciproque de nous-mêmes, et... — de toute la
saison, je ne me suis pas levée si tard... » Car
rêver, puis rentrer dans la réalité, ce n'est
que changer la place et la gravité d'un scrupule...

Une petite aile de lumière bat entre les
deux contrevents et touche, par pulsations
inégales, le mur ou la longue, lourde table à
écrire, à lire, à jouer, l'interminable table qui
revient de Bretagne, comme j'en reviens. Tantôt l'aile de lumière est rose sur le mur de
chaux rose, et tantôt bleue sur le tapis bleu
de cotonnade chleuh. Vaisseliers chargés de
livres, fauteuils et commodes ont fait avec
moi, par deux ou trois provinces françaises,
un grand détour de quinze années. Fins fauteuils à bras fuselés, rustiques comme des
paysannes aux attaches délicates, assiettes
jaunes chantant comme cloches sous le doigt
plié, plats blancs épaissis d'une crème d'émail,
nous retrouvons ensemble, étonnés, un pays
qui est le nôtre. Qui me montrerait, sur le
Mourillon, à soixante kilomètres d'ici, la maison de mon père et de mes grands-parents ?
D'autres pays m'ont bercée, c'est vrai, —
certains d'une main dure. Une femme se
réclame d'autant de pays natals qu'elle a eu
d'amours heureux. Elle naît aussi sous chaque
ciel où elle guérit la douleur d'aimer. A ce
compte, ce rivage bleu de sel, pavoisé de
tomates et de poivrons, est deux fois mien.
Quelle richesse, et que de temps passé à
l'ignorer ! L'air est léger, le soleil ride et confit
sur le cep la grappe tôt mûrie, l'ail a grand

goût. Majestueux dénûment qu'impose parfois au sol la soif, paresse élégante qu'enseigne un peuple sobre, ô mes biens tardifs... Ne nous plaignons pas. C'est ma maturité qui vous était due. Ma jeunesse encore anguleuse eût saigné d'accoster le roc feuilleté, pailleté, l'aiguille bifide des pins, l'agave, l'écharde des oursins, l'amer ciste poisseux et le figuier dont chaque feuille au revers est une langue de fauve. Quel pays! L'envahisseur le dote de villas et de garages, d'automobiles, de faux « mas » où l'on danse; le sauvage du nord morcelle, spécule, déboise, et c'est tant pis, certes. Mais combien de ravisseurs se sont, au cours des siècles, épris d'une telle captive ? Venus pour concerter sa ruine, ils s'arrêtent tout à coup, et l'écoutent respirer endormie. Puis, doucement, ils ferment la grille et le palis, deviennent muets, respectueux; et soumis, Provence, à tes vœux, ils rattachent ta couronne de vigne, replantent le pin, le figuier, sèment le melon brodé, et ne veulent plus, belle, que te servir et s'y complaire.

Les autres, fatalement, te délaisseront. Auparavant, ils t'auront déshonorée. Mais tu n'en es pas à une horde près. Ils te laisseront, ceux qui sont venus sur la foi d'un casino, d'un hôtel ou d'une carte postale. Ils fuiront, brûlés, mordus par ton vent tout blanc de poussière. Garde tes amants buveurs d'eau à la cruche, buveurs du vin sec qui mûrit dans le sable; garde ceux qui versent l'huile religieusement, et qui détournent la tête en passant devant les viandes mortes; garde ceux qui se lèvent matin et se bercent le soir, déjà couchés, au petit halètement des bateaux de fête, sur le golfe, — garde-moi...

La mûrissante couleur de la pénombre marque la fin de ma sieste. Infailliblement, la chatte prostrée va s'allonger jusqu'au prodige, extraire d'elle-même une patte de devant dont personne ne connaît la longueur exacte, et dire, d'un bâillement de fleur : « Il est quatre heures bien passées. » La première voiture automobile n'est pas loin, roulant sur sa petite nue de poussière vers une plage; d'autres la suivront. Quelqu'une s'arrêtera un moment à la grille, versant sur l'allée, parmi l'ombre plumeuse des mimosas, des amis sans leurs femmes, des femmes et leurs amants. Je n'en suis pas encore à leur fermer ma grille au nez, et à montrer les dents derrière. Mais ma froide et tutoyeuse cordialité, à laquelle ils ne se trompent pas, les contient. Des hommes aiment mon logis privé de maître, son odeur, ses portes sans verrous. Quelques femmes disent, d'un air de soudain délire : « Ah! quel paradis... » et comptent sourdement tout ce qui manque. Mais celles-ci, et ceux-là, apprécient ma patience à écouter leurs projets, moi qui n'ai pas de projets. Ils sont « fous de ce pays », ils veulent « une petite ferme très simple », ou construire « un mas sur ce cap à pic sur la mer, hein, quelle vue! » Là, je deviens charmante. Car j'écoute et je dis : « Oui, oui. » Car je ne convoite pas le champ d'à côté, je n'achète pas la vigne du voisin, et je ne fais pas « ajouter une aile ». Un camarade se rencontre toujours pour toiser ma vigne, aller de la maison à la mer sans monter ni descendre une marche, revenir et conclure :

— En somme, cette propriété, telle qu'elle est, vous convient parfaitement.

Et je dis « oui, oui », comme lorsqu'il m'assure, lui ou un autre : « Vous ne changez pas ! » Ce qui signifie : « Nous avons la ferme intention que vous ne changiez plus. »

Je veux bien essayer encore...

Le vent grandit, puisque la porte qui ouvre, sur la vigne, l'enclos ceint de briques ajourées, se débat faiblement sur ses gonds. Il va balayer, rapide, un quart de l'horizon, et s'agripper sur le nord verdâtre, d'une pureté hivernale. Alors, le golfe creux ronflera tout entier comme un coquillage. Adieu, ma nuit à la belle étoile sur le matelas de raphia... Si je m'étais obstinée à dormir dehors, la puissante bouche qui souffle le froid, le sec, qui éteint toute odeur et anesthésie la terre, l'ennemi du travail, de la volupté et du sommeil, m'eût arraché draps et couvertures qu'il sait façonner en longs rouleaux. L'étrange tourmenteur, occupé de l'homme comme peut l'être un fauve! Les nerveux en savent plus que moi sur lui. Ma cuisinière provençale, attaquée près du puits, pose ses seaux, se tient la tête et crie : « Il me tue! » Les nuits de mistral, elle gémit sous lui dans sa cabane de la vigne, et peut-être qu'elle le voit.

Retirée dans ma chambre, j'attends avec une impatience modérée la retraite du visiteur pour qui nul huis n'est clos, et qui déjà pousse sous ma porte un singulier hommage de pétales flétris, de graines vannées finement,

de sable, de papillons molestés... Va, va, j'ai
découragé d'autres symboles... Et je n'ai plus
quarante ans pour détourner le front devant
une rose qui se fane. C'en serait donc fini de
cette vie de militante ? Trois moments sont
bons pour y songer : la sieste, une petite
heure d'après le dîner, quand le craquement
du journal, arrivé de Paris, emplit étrange-
ment la pièce, et puis l'insomnie irrégulière
du milieu de la nuit, avant l'aube... Oui, il
est bientôt trois heures. Mais où chercher,
même pendant ce milieu instable de la nuit
qui si vite penche vers le jour, la poche énorme
d'amertume que me promettaient mes cha-
grins et mes bonheurs passés, ma littérature
et celle des autres ? Humble à l'habitude devant
ce que j'ignore, j'ai peur de me tromper, quand
il me semble qu'entre l'homme et moi une
longue récréation commence... Homme, mon
ami, viens respirer ensemble ?... J'ai toujours
aimé ta compagnie. Tu me regardes à présent
d'un œil si doux. Tu regardes émerger, d'un
confus amas de défroques féminines, alourdie
encore comme d'algues une naufragée, — si
la tête est sauve, le reste se débat, son salut
n'est pas sûr — tu regardes émerger ta sœur,
ton compère : une femme qui échappe à l'âge
d'être une femme. Elle a, à ton image, l'enco-
lure assez épaisse, une force corporelle d'où
la grâce à mesure se retire, et l'autorité qui te
montre que tu ne peux plus la désespérer,
sinon purement. Restons ensemble : tu n'as
plus de raisons, maintenant, de me quitter
pour toujours.

Une des grandes banalités de l'existence,
l'amour, se retire de la mienne. L'instinct

maternel est une autre grande banalité. Sortis
de là, nous nous apercevons que tout le reste
est gai, varié, nombreux. Mais on ne sort pas
de là quand, ni comme on veut. Qu'elle était
judicieuse, la remontrance d'un de mes maris :
« Mais tu ne peux donc pas écrire un livre qui
ne soit d'amour, d'adultère, de collage mi-
incestueux, de rupture ? Est-ce qu'il n'y a pas
autre chose dans la vie ? » Si le temps ne l'eût
pressé de courir — car il était beau et charmant — vers des rendez-vous amoureux, il
m'aurait peut-être enseigné ce qui a licence
de tenir, dans un roman et hors du roman, la
place de l'amour... Il partait donc, et, au long
du même papier bleuâtre qui sur la table
obscure guide en ce moment ma main comme
un phosphore, je consignais, incorrigible,
quelque chapitre dédié à l'amour, au regret de
l'amour, un chapitre tout aveuglé d'amour. Je
m'y nommais Renée Néré, ou bien, prémoni-
toire, j'agençais une Léa. Voilà que, légale-
ment, littérairement et familièrement, je n'ai
plus qu'un nom, qui est le mien. Ne fallait-il,
pour en arriver, pour en revenir là, que trente
ans de ma vie ? Je finirai par croire que ce
n'était pas payer trop cher. Voyez-vous que
le hasard ait fait de moi une de ces femmes
cantonnées dans un homme unique, au point
qu'elles en portent jusque sous terre, stériles
ou non, une ingénuité confite de vieille fille ?...
D'imaginer un pareil sort, mon double charnu,
tanné de soleil et d'eau, que je vois dans le
miroir penché, en tremblerait, s'il pouvait
trembler encore d'un péril rétrospectif.

Contre le fin grillage abaissé devant la
porte-fenêtre, un sphinx des lauriers-roses

donne de la tête, rebondit et rebondit, et le
grillage tendu sonne comme une peau de
tambour. Il fait frais. La généreuse rosée
ruisselle, le mistral a différé son offensive. Les
étoiles palpitent largement, dilatées par l'humidité saline. La plus belle nuit, encore une
fois, précède le plus beau jour, et je me réjouis
hors du sommeil. Oh! que demain me voie
aussi douce! De bonne foi je ne prétends plus
à rien, sinon à ce qui est inaccessible. Quelqu'un m'a-t-il tuée, pour que je sois si douce ?
Non point : il y a bien longtemps que je n'ai
connu — connu le front contre le front, le
sein sur le sein et mêlées les jambes — de
vrais méchants. L'authentique méchant, le
vrai, le pur, l'artiste, il est rare qu'on le rencontre même une fois dans sa vie. Le méchant
ordinaire est métissé de brave homme. La
troisième heure du matin, il est vrai, incline
vers l'indulgence ceux qui la goûtent aux
champs et ne donnent rendez-vous, sous la
fenêtre bleuissante, qu'à eux-mêmes. Le vide
cristallin du ciel, le sommeil déjà conscient
des bêtes, la frigide contraction qui reclôt les
calices, autant d'antidotes contre la passion et
l'iniquité. Mais je n'ai même pas besoin d'indulgence pour déclarer que personne ne m'a
tuée dans mon passé. Souffrir, oui, souffrir,
j'ai su souffrir... Mais est-ce très grave, souffrir ? Je viens à en douter. Souffrir, c'est
peut-être un enfantillage, une manière d'occupation sans dignité — j'entends souffrir, quand
on est femme par un homme, quand on est
homme par une femme. C'est extrêmement
pénible. Je conviens que c'est difficilement
supportable. Mais j'ai bien peur que ce genre

de douleur-là ne mérite aucune considération. Ce n'est pas plus vénérable que la vieillesse et la maladie, pour lesquelles j'acquiers une grande répulsion : toutes deux voudront bientôt me serrer de près. D'avance, je me bouche les narines... Les malades d'amour, les trahis, les jaloux doivent sentir la même odeur.

J'ai le souvenir très net d'avoir été moins chérie de mes bêtes, quand je souffrais d'une trahison amoureuse. Elles flairaient sur moi la grande déchéance : la douleur. J'ai vu, à une belle chienne de qualité, un regard inoubliable, généreux encore, mais mesuré, ennuyé avec cérémonie, parce qu'elle n'aimait plus autant la signification de tout mon être, — un regard d'homme, le regard d'un certain homme. La sympathie de l'animal pour l'homme malheureux... on n'arrivera donc jamais à faire justice de ce lieu commun, d'une bêtise purement humaine ? L'animal aime presque autant que nous le bonheur. Une crise de larmes l'inquiète, il imite parfois le sanglot, il réfléchit passagèrement notre tristesse. Mais il fuit le malheur comme il fuit la fièvre, et je le crois capable, à la longue, de le bannir...

Les deux matous qui se battent dehors, comme ils emploient bien la nuit de juillet! Ces chants aériens du chat mâle, ils ont accompagné tant d'heures nocturnes de mon existence, qu'ils sont devenus symbole de vigilance, d'insomnie rituelle. Oui, je sais qu'il est trois heures et que je vais me rendormir, et que je regretterai, à mon réveil, d'avoir gaspillé l'instant où le lait bleu commence à sourdre de la mer, gagne le ciel, s'y répand et s'arrête à une incision rouge au ras de l'horizon...

Une grande voix de fauve baryton, à long souffle, persiste à travers les sons acérés d'un chat ténor habile aux trémolos, aux chromatiques aiguës interrompues d'insinuations furieuses, plus nasales à mesure qu'elles se font plus outrageantes. Les deux matous ne se haïssent pas. Mais les nuits claires conseillent la bataille et les dialogues déclamatoires. Pourquoi dormir ? Ils choisissent, et, de l'été, ne prennent, nuit et jour, que le plus beau. Ils choisissent... Tous les animaux bien traités choisissent ce qu'il y a de mieux, autour d'eux et en nous. Partant, j'ai connu, puis franchi l'époque où leur froideur relative m'instruisit de ma propre indignité... Je dis bien : indignité. N'aurais-je pas dû quitter ce bas royaume ? Et quel goût déplorable dans ces pleurs mal essuyés, ces regards éloquents, ces stations debout sous un rideau à demi levé, ce mélodrame... Et que voulez-vous que pensât, d'une telle femme, une bête, une chienne, par exemple, qui était elle-même toute feu caché et secrets, une chienne qui n'avait jamais gémi sous le fouet, ni pleuré en public ? Elle me méprisait, cela va sans dire. Et mon mal, que je ne cachais pas aux yeux de mes pareils, j'en rougissais devant elle. Il est vrai que nous aimions, elle et moi, le même homme. Mais c'est quand même dans ses yeux, à elle, que je lisais une pensée — je la relis dans une des dernières lettres de ma mère : « L'amour, ce n'est pas un sentiment honorable... »

Un de mes maris me conseillait : « Tu devrais bien, vers cinquante ans, écrire une sorte de manuel qui apprendrait aux femmes à vivre en paix avec l'homme qu'elles aiment, un code de la vie à deux... » Je suis peut-être en train de l'écrire... Homme, mes anciennes amours, comme on gagne, comme on apprend, à tes côtés! Il n'est si bonne compagnie qui ne se quitte; mais je m'engage ici à prendre courtoisement mon congé. Non, tu ne m'as pas tuée, peut-être ne m'as-tu jamais voulu de mal... Adieu, cher homme, et bienvenue aussi à toi. Une lueur bleue s'avance sur mon lit de bien portante, plus commodément arrangé, pour écrire, qu'un lit de malade, jusqu'au papier bleu, jusqu'à la main, jusqu'au bras couleur de bronze; l'odeur de la mer m'avertit que nous touchons à l'heure où l'air est plus froid que l'eau. Me lèverai-je? Dormir est doux...

« *Il y a dans un enfant très beau quelque chose que je ne puis définir et qui me rend triste. Comment me faire comprendre ? Ta petite nièce C... est en ce moment d'une ravissante beauté. De face, ce n'est rien encore ; mais quand elle tourne son profil d'une certaine manière et que son petit nez argenté se dessine fièrement au-dessous de ses beaux cils, je suis saisie d'une admiration qui en quelque sorte me désole. On assure que les grands amoureux, devant l'objet de leur passion, sont ainsi. Je serais donc, à ma manière, une grande amoureuse ? Voilà une nouvelle qui eût bien étonné mes deux maris !... »*

Elle a donc pu, elle, se pencher impunément sur la fleur humaine. Impunément sauf la « tristesse » — appelait-elle tristesse ce délire mélancolique, cet ennoblissement qui nous soulève à la vue de l'arabesque jamais pareille à elle-même, jamais répétée ? — feux couplés des yeux, calices jumeaux, renversés, des narines, abîme marin de la bouche et sa palpitation de piège au repos — la cire perdue des visages ?... Penchée sur une créature enfantine et magnifique, elle tremblait, soupirait d'une angoisse qu'elle ne savait nommer, et qui se nomme tentation. Mais elle n'aurait jamais imaginé que d'un puéril visage se lève un trouble, une vapeur comparable à ce qui flotte sur le raisin dans la cuve, ni qu'on puisse y succomber... Mes premiers colloques avec moi-même m'ont instruite, sinon gardée de faillir : « Ne touche pas du doigt l'aile de ce papillon.

— Non, certainement... Ou rien qu'un peu... Rien qu'à la place fauve-noir où glisse, sans que je puisse fixer le point précis où il naît, celui où il s'épuise, ce feu violet, cette léchure de lune...

— Non. Ne le touche pas. Tout va s'évanouir, si tu l'effleures seulement.

— Mais rien qu'un peu !... C'est peut-être cette fois-ci que je percevrai sous ce doigt-ci le plus sensible, le quatrième, la froide flamme bleue, et sa fuite dans le poil de l'aile... la plume de l'aile... la rosée de l'aile... » Une trace de cendre, éteinte, sur le bout du doigt, l'aile déshonorée, la bestiole affaiblie...

À n'en pas douter, ma mère savait, elle qui n'apprit rien, comme elle disait, « qu'en se brûlant », elle savait qu'on possède dans l'abstention, et seulement dans l'abstention. Abstention, consommation, — le péché n'est guère plus lourd ici que là, pour les « grandes amoureuses » de sa sorte, — de notre sorte. Sereine et gaie auprès de l'époux, elle devenait agitée, égarée de passion ignorante, à la rencontre des êtres qui traversent leur moment sublime. Confinée dans son village entre deux maris successifs et quatre enfants, elle rencontrait partout, imprévus, suscités pour elle, par elle, des apogées, des éclosions, des métamorphoses, des explosions de miracles, dont elle recueillait tout le prix. Elle qui ménagea la bête, soigna l'enfant, secourut la plante, il lui fut épargné de découvrir qu'une singulière bête veut mourir, qu'un certain enfant implore la souillure, qu'une des fleurs closes exigera d'être forcée, puis foulée aux pieds. Son inconstance, à elle, ce fut de voler de l'abeille à la souris, d'un nouveau-né à un arbre, d'un pauvre à un plus pauvre, d'un rire à un tourment. Pureté de ceux qui se prodiguent! Il n'y eut jamais dans sa vie le souvenir d'une aile déshonorée, et si elle trembla de désir autour d'un calice fermé, autour d'une chrysalide roulée encore dans sa coque vernissée, du moins elle attendit, respectueuse, l'heure... Pureté de ceux qui n'ont pas commis d'effraction! Me voici contrainte, pour la renouer à moi, de rechercher le temps où ma mère rêvait dramatiquement au long de l'adolescence de son fils aîné, le très beau, le séducteur. En ce temps-là, je la devinai sauvage, pleine de fausse gaîté et de malédictions, ordinaire, enlaidie, aux aguets... Ah! que je la revoie ainsi diminuée, la joue colorée d'un rouge qui lui venait de la jalousie et de la fureur! Que je la revoie ainsi et qu'elle m'entende assez pour se reconnaître dans ce qu'elle eût le plus fort réprouvé! Que je lui révèle, à mon tour savante, combien je suis son impure survivance, sa grossière image, sa servante fidèle chargée des basses besognes! Elle m'a donné le jour, et la mission de poursuivre ce qu'en poète elle saisit et abandonna, comme on s'empare d'un fragment de mélodie flottante, en voyage dans l'espace... Qu'importe la mélodie, à qui s'enquiert de l'archet, et de la main qui tient l'archet ?

Elle alla vers ses fins innocentes avec une croissante anxiété. Elle se levait tôt, puis plus tôt, puis encore plus tôt. Elle voulait le monde à elle, et désert, sous la forme d'un petit enclos, d'une treille et d'un toit incliné. Elle voulait la jungle vierge, encore que limitée à l'hirondelle, aux chats et aux abeilles, à la grande épeire debout sur sa roue de dentelle argentée par la nuit. Le volet du voisin, claquant sur le mur, ruinait son rêve d'exploratrice incontestée, recommencé chaque jour à l'heure où la rosée froide semble tomber, en sonores gouttes inégales, du bec des merles. Elle quitta son lit à six heures, puis à cinq heures, et, à la fin de sa vie, une petite lampe rouge s'éveilla, l'hiver, bien avant que l'angélus battît l'air noir. En ces instants encore nocturnes ma mère chantait, pour se taire dès qu'on pouvait l'entendre. L'alouette aussi, tant qu'elle monte vers le plus clair, vers le moins habité du ciel. Ma mère montait, et montait sans cesse sur l'échelle des heures, tâchant à posséder le commencement du commencement... Je sais ce que c'est que cette ivresse-là. Mais elle quêta, elle, un rayon horizontal et rouge, et le pâle soufre qui vient avant le rayon rouge ; elle voulut l'aile humide que la première abeille étire comme un bras. Elle obtint, du vent d'été qu'enfante l'approche du soleil, sa primeur en parfums d'acacia et de fumée de bois ; elle répondit avant tous au grattement de pied et au hennissement à mi-voix d'un cheval, dans l'écurie voisine ; de l'ongle elle fendit, sur le seau du puits, le premier disque de glace éphémère où elle fut seule à se mirer, un matin d'automne...

Que j'aurais voulu offrir, à cet ongle dur et bombé, apte à couper les pétioles, cueillir la feuille odoriférante, gratter le puceron vert, et interroger dans la terre les semences dormantes, que j'aurais voulu offrir mon propre miroir de naguère : la tendre face à peine virile qui me rendait, embellie, mon image! J'aurais dit à ma mère : « Vois. Vois ce que je fais. Vois ce que cela vaut. Cela vaut-il que j'endosse mon déguisement diffamé, qui me permet de sustenter, en secret, bouche à bouche, la proie que je semble boire? Cela vaut-il que, détournée des aurores que toi et moi nous aimons, je me consacre à des paupières que j'éblouis et à leurs promesses de levers d'astres? Scrute, mieux que moi-même, ma tremblante œuvre que j'ai trop contemplée. Fourbis ton ongle dur de jardinière!... » Mais il était trop tard. Celle à qui j'avouais tout avait déjà conquis, en ce temps-là, son éternel crépuscule du matin. Elle nous eût jugés, hélas, clairement, avec sa cruauté céleste qui ne connaissait pas le courroux : « Rejette ton ente un peu monstrueuse, ma fille, le greffon qui ne veut prospérer que par toi. C'est un gui. Je t'assure que c'est un gui. Je ne te dis pas : il est mal de recueillir un gui, parce que le mal et le bien peuvent être également resplendissants et féconds. Mais... »

Quand je tâche d'inventer ce qu'elle m'eût dit, il y a toujours un point de son discours où je suis défaillante. Il me manque les mots, surtout l'argument essentiel, le blâme, l'indulgence imprévus, pareillement séduisants, et qui tombaient d'elle, légers, lents à toucher mon limon et à s'y enliser doucement, lents à resurgir. Ils resurgissent maintenant de moi, et quelquefois on les trouve beaux. Mais je sais bien que, reconnaissables, ils sont déformés selon mon code personnel, mon petit désintéressement, ma générosité à geste court, et ma sensualité qui eut toujours, Dieu merci, les yeux plus grands que le ventre.

Nous eûmes, chacune, deux maris. Mais, tandis que les deux miens sont — vous m'en voyez aise — bien vivants, ma mère fut deux fois veuve. Fidèle par tendresse, par devoir, par fierté, elle se rembrunissait à mon premier divorce, davantage à mon second mariage, et s'en expliquait bizarrement : « Ce n'est pas tant le divorce que je blâme, disait-elle, c'est le mariage. Il me semble que tout vaudrait mieux que le mariage, — seulement, cela ne se fait pas. » Je riais, et je lui remontrais que, par deux fois, elle m'avait prêchée d'exemple : « Il le fallait bien, répondait-elle. On est quand même de son village. Mais toi, que vas-tu faire de tant d'époux ? L'habitude s'en prend, et on arrive à ne plus pouvoir s'en passer.

— Mais, maman, que ferais-tu à ma place ?

— Une bêtise, sûrement. La preuve, c'est que j'ai épousé ton père... »

Si elle n'osait pas dire quelle place il occupait dans son cœur, ses lettres me le laissèrent apprendre après qu'il l'eut quittée à jamais, et aussi certain éclat de larmes, au lendemain de l'enterrement de mon père. Ce jour-là, nous rangions, elle et moi, les tiroirs du secrétaire en bois de thuya jaune où elle reprit des lettres, les états de service de Jules-Joseph Colette, capitaine au 1er zouaves, et six cents francs en or, — tout ce qui restait d'une fortune foncière, la fortune de Sidonie Landoy, fondue... Ma mère, qui allait bravement et sans faiblir parmi des reliques, buta sur cette poignée d'or, jeta un cri, se couvrit de pleurs : « Ah! cher Colette! il m'avait dit, il y a huit jours, quand il pouvait encore me parler, qu'il ne me laissait que quatre cents francs! » Elle sanglotait de gratitude, et je me mis, ce jour-là, à douter d'avoir jamais aimé d'amour... Non, assurément, une femme aussi grande ne pouvait pas commettre les mêmes « bêtises » que moi, et la première elle me décourageait de l'imiter :

— Tu y tiens donc beaucoup à ce monsieur X... ?

— Mais, maman, je l'aime!

— Oui, oui, tu l'aimes... C'est entendu, tu l'aimes...

Elle réfléchissait encore, taisait avec effort ce que lui dictait sa cruauté céleste, puis s'écriait de nouveau :

— Ah! je ne suis pas contente!

Je faisais la modeste, je baissais les yeux pour enfermer l'image d'un bel homme, intelligent, envié, tout éclairé d'avenir, et je répliquais doucement :

— Tu es difficile...

— Non, je ne suis pas contente... J'aimais mieux, tiens, l'autre, ce garçon que tu mets à présent plus bas que terre...

— Oh! maman!... Un imbécile!

— Oui, oui, un imbécile... Justement...

Je me rappelle encore comment elle penchait la tête, clignait ses yeux gris, pour contempler la flatteuse, l'éclatante image de l' « imbécile »... Et elle ajoutait :

— Que tu écrirais de belles choses, Minet-Chéri, avec l'imbécile... L'autre, tu vas t'occuper de lui donner tout ce que tu portes en toi de plus précieux. Et vois-tu, pour comble, qu'il te rende malheureuse ? C'est le plus probable...

Je riais de bon cœur :

— Cassandre!

— Oui, oui, Cassandre... Et si je disais tout ce que je prévois...

Les yeux gris, clignés, lisaient au loin :

— Heureusement, tu n'es pas trop en danger...

Je ne la comprenais pas, alors. Elle se fût expliquée plus tard, sans doute. Je comprends à présent son « tu n'es pas en danger », mot ambigu qui ne visait pas seulement mes risques de calamités. A son sens, j'avais passé déjà ce qu'elle nomma « le pire dans la vie d'une femme : le premier homme ». On ne meurt que de celui-là, après lequel la vie conjugale — ou sa contrefaçon — devient une carrière. Une carrière, parfois une bureaucratie, dont rien ne nous distrait ni ne nous relève, sauf le jeu d'équilibre qui, à l'heure marquée, pousse le barbon vers le tendron, et Chéri vers Léa.

A la faveur d'un commandement climatérique, et pourvu qu'il n'engendre pas une basse accoutumance, nous pouvons triom-

pher enfin de ce que je nommerai le commun des amants. Mais que ce triomphe naisse
d'un cataclysme, meure de même, qu'il n'ali-
mente pas une abjecte faim régulière! N'importe quel amour, si on se fie à lui, tend à
s'organiser à la manière d'un tube digestif.
Il ne néglige aucune occasion de perdre sa
forme exceptionnelle, son aristocratie de bour-
reau.

« Il n'est vendange que d'automne... »
Peut-être qu'en amour aussi. Quelle saison
pour le dévouement sensuel, quelle trêve dans
la suite monotone des luttes d'égal à égal,
quelle halte alors sur un sommet où se baisent
deux versants! Il n'est vendange que d'automne, — une bouche où persiste, en figure
de larme séchée, la goutte violâtre d'un suc
qui n'était pas encore le vrai vin, garde le
privilège de le crier. Vendange, joie précipi-
tée, urgence de mener au pressoir, en un
seul jour, raisin mûr et verjus ensemble,
rythme qui laisse loin la large cadence rêveuse
des moissons, plaisir plus rouge que les autres
plaisirs, chants, criaillerie enivrée, — puis
silence, retraite, sommeil du vin neuf cloîtré,
devenu intangible, retiré des mains tachées
qui, miséricordieusement, le violentèrent...
J'aime qu'il en aille de même pour les cœurs
et les corps : j'ai fait le dépôt nécessaire, remis
ma toute-puissance dernière qui gronde à
présent dans une jeune prison virile. Je replie
un grand cœur flottant, vidé de ses trois ou
quatre prodiges. Qu'il a bien battu et com-
battu! Là... là... cœur... là... doucement...
reposons-nous. Tu as méprisé le bonheur,
rendons-nous cette justice. Celle à qui je

retourne, Cassandre, qui n'osait pas tout pro-
phétiser, nous l'avait annoncé : nous n'étions
pas en danger de périr en l'honneur de
l'amour, ni, Dieu soit loué, de nous tenir
pour contents au sein d'une bonne petite
félicité.

Dans l'éloignement, laissons décroître
l'époque de ma vie qui m'a vue penchant
d'un seul côté, comme ces allégories de source
que leur chevelure d'eau couche et entraîne.
C'est vrai que je me versais sans compter, du
moins je le croyais. Se camper en manière
d'Abondance classique, vouée à vider comme
à la tâche, pêle-mêle, sa corne pleine, c'est
encourir le regard critique du public qui
tourne autour du socle et estime la statue à
son poids de trop belle femme : « Heu... Se
dépense-t-on sans diminuer un peu ? De
quoi s'est-elle engraissée si rondement, celle-
là ?... » Les gens aiment qu'on dépérisse de
donner, et ils n'ont pas tort. Le pélican n'a
pas mission de devenir obèse, l'amoureuse
vieillissante n'atteste son désintéressement
qu'en se décolorant de noble consomption au
bénéfice d'une jeune joue fouettée de rose,
d'une lèvre sanguine. Ce cas est rare. La per-
versité de combler un amant adolescent ne
dévaste pas assez une femme, au contraire.
Donner devient une sorte de névrose, une
férocité, une égoïste frénésie. « Voilà une cra-
vate neuve, une tasse de lait chaud, un lam-
beau tout vif de moi-même, une boîte de
cigarettes, une conversation, un voyage, un
baiser, un conseil, le rempart de mes bras, une
idée. Prends ! Et ne t'avise pas de refuser,
si tu ne veux pas que je crève de pléthore.

Je ne peux pas te donner moins, arrange-toi ! »

Entre la mère encore jeune et une mûre maîtresse, c'est la rivalité du don qui empoisonne deux cœurs féminins et crée une haine glapissante, une guerre de renardes où la clameur maternelle n'est ni la moins sauvage, ni la moins indiscrète. Fils trop aimés ! Lustrés de regards féminins, mordillés à plaisir par la femelle qui vous porta, préférés dès la profonde nuit des flancs, beaux jeunes mâles choyés, vous ne passez pas d'une mère à une autre sans trahir, malgré vous. Toi-même, ma très chère, toi que je voulais pure de mes crimes ordinaires, voilà que je trouve dans ta correspondance, déposés d'une écriture appliquée, en vain, à me cacher le tumulte saccadé du cœur, ces mots : « *Oui, j'ai trouvé comme toi Mme X... bien changée et triste. Je sais que sa vie privée est sans mystère : parions donc que son grand fils a sa première maîtresse.* »

S'il ne fallait que s'empresser à se jeter hors de soi-même, à grandes pulsations, pour conserver l'espoir de se tarir, nous n'y manquerions guère, nous autres, les « plus de quarante ». J'en connais qui toperaient tout de suite : « Conclu ! Cet enfer-là, dont je ne puis me passer ; un démon unique et la paix après, le vide, la bienfaisante paix totale, l'indigence... » Combien espèrent, de bonne foi, que la vieillesse arrive comme un vautour qui se décroche du ciel et tombe, ayant longtemps plané invisible ? Et qu'est-ce donc que la vieillesse ? Je le saurai. Mais, quand elle sera là, elle cessera de m'être intelligible. Ma très

chère aînée, tu auras disparu sans m'ensei-
gner ce qu'est la vieillesse, car : « *Ne te fais
pas tant de soucis pour ma prétendue artério-
sclérose*, m'écris-tu. *Je vais mieux, et la preuve,
c'est que j'ai savonné ce matin, à sept heures,
dans ma rivière. J'étais enchantée. Barboter
dans l'eau claire, quel plaisir! J'ai aussi scié du
bois et fait six petits fagots. Et je refais moi-
même mon ménage, c'est te dire s'il est bien fait.
Et puis, en somme, je n'ai que soixante-
seize ans!* »

Tu m'écris ce jour-là, un an avant de mourir, et les boucles de tes B, de tes T, tes J
majuscules qui portent une sorte de fier chapeau en arrière, rayonnent de gaîté. Que tu
étais riche, ce matin-là, dans ta petite maison! Au bout du jardin sautelait une étroite
rivière, si vive qu'elle emportait, d'un bond,
tout ce qui l'eût pu déshonorer... Riche d'un
matin de plus, d'une nouvelle victoire sur la
maladie, riche d'une tâche de plus, d'une
joaillerie de reflets dans l'eau courante, d'une
trêve de plus entre toi et tous tes maux... Tu
savonnais du linge dans la rivière, tu soupirais, inconsolable de la mort de ton bien-
aimé, tu faisais « *Uiii!* » aux pinsons, tu pensais que tu me conterais ta matinée... O thé-
sauriseuse!... Ce que j'entasse n'est pas du
même aloi. Mais ce qui en demeurera provient du filon parallèle, inférieur, amalgamé
de grasse terre, et je n'ai pas trop tardé à comprendre qu'un âge vient où au lieu de s'exprimer toute en baumes, en pleurs mortels,
en souffle embrasé et décroissant, sur les
beaux pieds qu'elle embrassait, impatients de

courir le monde, — un âge vient où il n'est plus donné à une femme que de s'enrichir.

Elle entasse, elle recense jusqu'aux coups, jusqu'aux cicatrices — une cicatrice, c'est une marque qu'elle n'avait pas en naissant, une acquisition. Quand elle soupire : « Ah! que de peines Il m'a données! » elle pèse, malgré elle, la valeur du mot, — la valeur des dons. Elle les range peu à peu, harmonieusement. Le temps, et leur nombre, font qu'elle est obligée, dans la mesure où son trésor s'accroît, de se reculer un peu de lui, comme un peintre de son œuvre. Elle recule, et revient, et recule, repousse à son rang quelque scandaleux détail, attire au jour un souvenir noyé d'ombre. Elle devient, — par un art inespéré, — équitable... Imagine-t-on, à me lire, que je fais mon portrait ? Patience : c'est seulement mon modèle.

On voit, sur le visage d'un homme qui suit, du regard, certains apprêts ménagers, surtout ceux d'un repas, une expression mêlée de considération religieuse, d'ennui et de frayeur. L'homme craint le balayage comme un chat, et le fourneau allumé, et l'eau savonneuse que pousse un balai-brosse sur les dalles.

Pour fêter un saint local qui commande traditionnellement aux frairies, Segonzac, Carco, Régis Gignoux et Thérèse Dorny devaient quitter les hauteurs d'une colline, et manger ici un déjeuner méridional, salades, rascasse farcie et beignets d'aubergines, ordinaire que je corsais de quelque oiseau rôti.

Vial, qui habite à trois cents mètres d'ici un dé peint en rose, n'était pas heureux ce matin, car le réchaud à repasser, équipé en gril à braise, encombrait un coin de la terrasse, et mon voisin se faisait petit comme un chien de chasse le jour d'une noce.

— Ne crois-tu pas, Vial, qu'ils aimeront ma sauce, avec les petits poulets ? Quatre petits poulets fendus par moitié, frappés du plat de la hachette, salés, poivrés, bénis d'huile pure, administrée avec un goupillon de *pebreda* dont les folioles et le goût restent sur la chair grillée ? Regarde-les, s'ils ont bonne mine ?

Vial les regardait, et moi aussi. Bonne mine... Un peu de sang rose demeurait aux jointures rompues des poussins mutilés, plumés, et on voyait la forme des ailes, la jeune écaille qui bottait les petites pattes, heureuses ce matin encore de courir, de gratter... Pourquoi ne pas faire cuire un enfant, aussi ? Ma tirade mourut et Vial ne dit mot. Je soupirais en battant ma sauce acidulée, onctueuse, et tout à l'heure pourtant l'odeur de la viande délicate, pleurant sur la braise, m'ouvrirait tout grand l'estomac... Ce n'est pas aujourd'hui, mais c'est bientôt, je pense, que je renoncerai à la chair des bêtes...

— Serre-moi mon tablier, Vial. Merci. L'an prochain...

— Que ferez-vous l'an prochain ?

— Je serai végétarienne. Trempe le bout de ton doigt dans ma sauce. Hein ? Cette sauce-là sur les petits poulets tendres... N'empêche que... — pas cette année, j'ai trop faim — n'empêche que je serai végétarienne.

— Pourquoi ?

— Ce serait long à expliquer. Quand certain cannibalisme meurt, tous les autres déménagent d'eux-mêmes, comme les puces d'un hérisson mort. Reverse-moi de l'huile, doucement...

Il pencha son torse nu, lustré de soleil et de sel, dont la peau mire le jour. Selon qu'il bougeait, il était vert autour des reins, bleu sur les épaules, à l'image des teinturiers de Fez. Quand je commandai « stop », il coupa le fil d'huile dorée, se redressa, et je reposai ma main un moment sur son poitrail, comme sur un cheval, flatteusement. Il regarda ma main, qui annonce mon âge, — à la vérité, elle porte quelques années de plus — mais je ne retirai pas ma main. C'est une bonne petite main, noircie, dont la peau devient assez large à présent autour des phalanges et au revers de la paume. Elle a les ongles taillés ras, le pouce retroussé volontiers en queue de scorpion, des cicatrices et des écorchures, et je n'ai pas honte d'elle, au contraire. Deux ongles jolis, cadeau de ma mère — trois pas très beaux, souvenir de mon père.

— Tu t'es baigné ? Tu as fait un bon quatre cents mètres sur le bord de l'eau ? Alors, pourquoi as-tu, quand on n'est qu'en juillet, une tête de fin de vacances, Vial ?

Le moindre désordre sentimental dérange les traits de Vial, réguliers, assez beaux. Il n'a pas l'air gai, mais on ne l'a jamais vu triste. Je dis qu'il est beau, parce qu'ici, au bout d'un mois de séjour, tous les hommes sont beaux, à cause de la chaleur, de la mer et de la nudité.

— Qu'est-ce que tu m'as rapporté du marché, Vial ? Tu m'excuses, hein ? La Divine avait juste le temps de courir pour les poulets...

— Deux melons, une tarte à la frangipane et des pêches. Il n'y a plus de figues-fleurs, et les autres ne seront mûres que...

— Je le sais mieux que toi, je les passe en revue tous les jours dans ma vigne... Tu es un amour... Qu'est-ce que je te dois ?

Il fit un geste d'ignorance, son épaule enrichie de muscles montait et descendait comme un sein qui respire.

— Tu as oublié ? Attends, que je voie la grosseur des melons... Cette tarte-là, c'est la taille de seize francs, et tu as deux kilos de pêches... Quatorze et seize trente, trente et quinze quarante-cinq... Je te dois entre quarante-cinq et cinquante francs.

— Vous êtes en maillot de bain sous votre tablier ? Vous n'avez pas eu le temps de vous baigner ?

— Mais si.

Il lécha avec naturel le haut de mon bras.

— C'est vrai.

— Oh! tu sais, ça pourrait être du sel d'hier soir... Reposons-nous, on a grandement le temps, ils seront tous en retard...

— Oui... Je ne peux pas faire quelque chose d'utile ?

— Si, te marier.

— Oh!... J'ai trente-cinq ans.

— Justement. Ça te rajeunira. Tu manques de jeunesse. Ça te viendra avec l'âge, a dit Labiche. Ta petite amie n'est pas revenue du marché avec toi ? Tu as dû la rencontrer sur le port ?

— Mlle Clément termine une étude au Lavandou.

— Tu n'aimes pas que je l'appelle ta petite amie, je vois ?

— Je l'avoue. C'est une façon de dire qui peut donner à croire qu'elle est ma maîtresse, alors qu'elle ne l'est pas.

J'ai ri, en poudrant les braises trop vives du réchaud à repasser. Je ne connais presque pas l'espèce à laquelle appartient ce garçon, qui vit à petit bruit. Il est de la génération des Carco, des Segonzac, des Léopold Marchand

et des Pierre Benoit, des Mac Orlan, des Cocteau et des Dignimont, ceux que j'ai vus,
comme je dis, « tout petits », avant et pendant
la guerre. Est-ce en ce temps-là, quand des
marées capricieuses de permissions les ame-
naient à Paris, et sur la foi de leurs visages, les
uns engraissés bizarrement, les autres creux
comme aux écoliers grandis trop vite — est-ce
en ce temps-là que j'ai pris l'habitude de les
tutoyer presque tous ? Non, c'est simplement
parce qu'ils sont jeunes, et s'ils me disent
bonjour à grands bras, à gros baisers claquant
sur la joue, c'est aussi parce qu'ils sont jeunes...
Mais si les plus tendres — ceux-là que j'ai
nommés, ceux-là que je ne nomme pas —
m'appellent « madame » et par jeu « mon bon
maître », c'est parce qu'ils sont eux, et que je
suis moi.

Le garçon presque nu qui me versait l'huile
ce matin a fait la guerre aussi. Après, il a
regimbé au moment de redevenir tapissier. Il
a eu peur, dit-il, d'un père demeuré vert, âpre
à son commerce et orgueilleux. J'ai parfois
voulu écrire l'histoire d'une progéniture dévo-
rée, jusqu'aux os, par ses géniteurs. Je pourrais
fondre ensemble Mme Lhermier, par exemple,
qui cousit sa fille à ses jupes, empêcha tout
mariage et se fit, de la sotte fille docile, une
sorte de jumelle séchée, qui ne la quittait ni
jour ni nuit, et ne se plaignait jamais. Mais
un jour, j'ai vu le regard de Mlle Lhermier...
Horreur! horreur!... J'emprunterais quelques
traits à Albert X... victime passionnée, ombre
inquiétante de sa mère, — à Fernand Z...,
petit banquier qui attend en vain la mort de
son robuste banquier de père... Ils sont beau-

coup, je n'aurais que le choix. Seulement
Mauriac a déjà fait *Genitrix*... Ne nous api-
toyons pas trop sur Vial le fils, prénommé...
comment, déjà ?

— Vial, comment t'appelles-tu ?

— Hector.

Étonnée, je suspendis l'élagage des premiers
dahlias de la saison, cueillis pour la table.

— Hector ? Il me semble que tu t'appelais...
Valère ?

— C'est vrai, mais je voulais constater que
vous l'aviez à peu près oublié.

... sur Vial le fils, qui ruse avec sa longue
minorité commerciale et use de cartes de
visite au nom de « Vial, décorateur ». Il n'est
déjà plus tapissier. Il dispose à Paris d'un petit
magasin timide, mi-librairie romantique, mi-
bibelot, comme tout le monde... Aimant la
compagnie des peintres, Vial s'est mis à aimer
leur peinture.

Parmi les gratteurs de papier qui n'ont
liberté que d'écrire, il se donne le luxe de lire,
de dessiner des meubles et même de nous
juger. Il déclare à Carco qu'il n'aurait jamais
dû publier que des vers, et à Segonzac qu'il
est un mystique. Le grand « Dédé » ne rit pas,
et répond poliment : « Vouère ! Fi de garce,
vous n'êtes point si mal emmanchai de la
taîte que du daîrrière ! » Carco me prend à
témoin : « Un homme du métier qui me dirait
ça, Colette, je le traiterais de ballot. Mais
qu'est-ce que je m'en irais répondre à un
tapissier ? Monsieur l'ameublementier, tu
attiges ! »

Je ne sais pas grand'chose de plus sur mon
verseur d'huile. Mais que sais-je de mes autres

amis ? Chercher l'amitié, la donner, c'est
d'abord crier : « Asile ! asile ! » Le reste de nous
est sûrement moins bien que ce cri, il est toujours assez tôt pour le montrer.

Je crois que la présence, en nombre, de
l'être humain fatigue les plantes. Une exposition horticole pâme et meurt presque chaque
soir, quand on lui a rendu trop d'hommages;
j'ai trouvé mon jardin las après le départ de
mes amis. Peut-être les fleurs sont-elles sen-
sibles au son des voix. Et les miennes ne sont
pas accoutumées plus que moi aux réceptions.
Mes hôtes partis, les chats rampent hors de
leurs abris, bâillent, s'étirent comme au sortir
du panier de voyage, flairent la trace des intrus.
Le matou somnolent coule du mûrier comme
une liane. Sa compagne ravissante étale, sur
la terrasse qu'on lui restitue, son ventre où
point, dans une nue de poil bleuâtre, une seule
tétine rose, car elle n'a nourri, cette saison,
qu'un seul petit. Le départ des visiteurs ne
change rien aux us de la chienne brabançonne qui me surveille, ne cesse pas, n'a jamais
cessé de me surveiller, ne cessera qu'à la mort
de me donner l'attention de tous ses instants.
Sa mort seule peut mettre fin au drame de sa
vie : vivre avec moi ou sans moi. Elle vieillit
robustement, elle aussi...
Autour de ces trois types de l'autorité
animale, des bêtes de second plan tiennent la
place qu'un protocole moins humain qu'animal leur assigne : plates chattes des mas envi-
ronnants, chiens de ma gardienne que le bain
de blanche poussière déguise... « Ici, dit Vial,
les chiens, l'été, sont tous poudrés à frimas. »

Les hirondelles buvaient déjà au lavoir et happaient les éphémères, quand ma « compagnie » s'en alla. L'air avait son goût usagé d'après-midi, et la chaleur était grande sous le soleil qui se couche tard. Mais il ne peut pas me tromper, je décline avec le jour. Et vers la fin de chaque journée, la chatte, enlaçant en « huit » mes chevilles, me convie à fêter l'approche de la nuit. C'est la troisième chatte de ma vie si je ne compte que les chattes d'un grand caractère, mémorables entre les chats et les chattes.

M'émerveillerai-je jamais assez des bêtes ? Celle-ci est exceptionnelle comme l'ami qu'on ne remplacera pas, comme l'amoureux sans reproche. D'où vient l'amour qu'elle me porte ? Elle a, d'elle-même, réglé son pas sur le mien, et le lien invisible, d'elle à moi, suggérait le collier et la laisse. Elle eut l'un et l'autre, qu'elle porta avec l'air de soupirer : « Enfin ! » Le moindre souci vieillit et semble pâlir son très petit visage serré et sans chair, d'un bleu de pluie autour des yeux qui sont d'or pur. Elle a, des amants parfaits, la pudeur, l'effroi des contacts appuyés. Je ne parlerai guère plus d'elle. Tout le reste est silence, fidélité, chocs d'âme, ombre d'une forme d'azur sur le papier bleu qui recueille tout ce que j'écris, passage muet de pattes mouillées d'argent...

Après elle, loin derrière elle, j'ai le matou, son mari magnifique, tout endormi de beauté, de puissance, et timide comme un hercule. Puis viennent tous ceux qui volent, rampent, grincent, le hérisson des vignes, les lézards innombrables que mordent les couleuvres, le

crapaud nocturne qui, ramassé sur le plat de
ma main et haussé vers la lanterne, laisse tomber deux cris de cristal dans l'herbe, — le
crabe sous l'algue, le trigle bleu à ailes de
martinet qui s'envole de la vague... S'il
retombe sur le sable, je le ramasse assommé,
praliné de graviers, je l'immerge et je nage à
côté de lui, en lui soutenant la tête... Mais je
n'aime plus écrire le portrait, l'histoire des
bêtes. L'abîme, que des siècles ne comblent
point, est toujours béant entre elles et
l'homme. Je finirai par cacher les miennes,
sauf à quelques amis, qu'elles choisiront. Je
montrerai les chats à Philippe Berthelot, puissance féline, à Vial, qui est amoureux de la
chatte et qui prétend, avec Alfred Savoir, que
je puis susciter un chat dans un endroit où il
n'y a pas de chat... On n'aime pas à la fois
les bêtes et les hommes. Je deviens de jour
en jour suspecte à mes semblables. Mais s'ils
étaient mes semblables, je ne leur serais pas
suspecte...

    « Quand j'entre dans la pièce où tu es seule
avec des bêtes », disait mon second mari, « j'ai
l'impression d'être indiscret. Tu te retireras
quelque jour dans une jungle... » Sans vouloir
rêver à ce qui se pouvait cacher, sous une telle
prophétie, d'insidieuse — ou d'impatiente —
suggestion, sans cesser de caresser l'aimable
tableau qu'elle m'offre de mon avenir, je m'y
arrête, pour me rappeler la profonde, la logique
défiance d'un homme très humanisé. Je m'y
arrête comme à une sentence écrite par un
doigt d'homme sur un front qui, si l'on écarte
le feuillage de cheveux qui le couvre, sent probablement, au flair humain, la tanière, le sang

de lièvre, le ventre d'écureuil, le lait de
chienne... L'homme qui reste du côté de
l'homme a de quoi reculer, devant la créature
qui opte pour la bête et qui sourit, forte d'une
affreuse innocence. « Ta monstrueuse simplicité... Ta douceur pleine de ténèbres... »
Autant de mots justes. Au point de vue
humain, c'est à la connivence avec la bête que
commence la monstruosité. Marcel Schwob
ne traitait-il pas de « monstres sadiques » les
vieux charmeurs desséchés et couverts d'oiseaux qu'on voyait aux Tuileries ? Encore s'il
n'y avait que la connivence... Mais il y a la
préférence... Je me tairai ici. Je m'arrête aussi
sur le seuil des arènes et des ménageries. Car,
si je ne vois aucun inconvénient à mettre,
imprimés, entre les mains du public, des fragments déformés de ma vie sentimentale, on
voudra bien que je noue, secrets, bien serrés
dans le même sac, tout ce qui concerne une
préférence pour les bêtes, et — c'est aussi une
question de prédilection — l'enfant que j'ai
mise au monde. Qu'elle est charmante, celle-ci,
quand elle gratte, réfléchie et amicale, la tête
grumeleuse d'une vaste crapaude... Chut!
Autrefois, je me suis mêlée de camper, au
premier plan d'un roman, une héroïne de
quatorze à quinze ans... Que l'on m'excuse,
je ne savais pas, alors, ce que c'était.

« Tu te retireras dans une jungle... » Soit.
Il ne faudra pas trop tarder. Il ne faudra pas
attendre que j'enregistre, dans la courbe de
mes relations, de mes échanges avec l'animal,
les premiers fléchissements. La volonté de
séduire, c'est-à-dire de dominer, les diverses
manières de bander un souhait ou un ordre,

de les darder vers leur but, je les sens encore élastiques, — jusqu'à quand ?

Une pauvre belle lionne, récemment, m'isola, dans le lot de badauds massés devant sa grille. M'ayant choisie, elle sortit de son long désespoir comme d'un sommeil, et ne sachant comment manifester qu'elle m'avait reconnue, qu'elle voulait m'affronter, m'interroger, m'aimer peut-être assez pour n'accepter que moi comme victime, elle menaça, étincela et rugit comme un feu captif, se jeta contre ses barreaux et soudain s'assoupit, lasse, en me regardant...

L'ouïe mentale, que je tends vers la Bête, fonctionne encore. Les drames d'oiseaux dans l'air, les combats souterrains des rongeurs, le son haussé soudain d'un essaim guerroyant, le regard sans espoir des chevaux et des ânes, sont autant de messages à mon adresse. Je n'ai plus envie de me marier avec personne, mais je rêve encore que j'épouse un très grand chat. Montherlant sera, je pense, bien aise de l'apprendre...

Dans le cœur, dans les lettres de ma mère, étaient lisibles l'amour, le respect des créatures vivantes. Je sais donc où situer la source de ma vocation, une source que je trouble, aussitôt née, dans la passion de toucher, de remuer le fond que couvre son flot pur. Je m'accuse d'avoir voulu, dès le jeune âge, briller — non contente de les chérir — aux yeux de mes frères et complices. C'est une ambition qui ne me quitte pas...

— Vous n'aimez donc pas la gloire ? me demandait Mme de Noailles.

Mais si. Je voudrais laisser un grand renom

parmi les êtres qui, ayant gardé sur leur pelage, dans leur âme, la trace de mon passage, ont pu follement espérer, un seul moment, que je leur appartenais.

Elle était aimable, ce matin, mon équipe de jeunes convives. Deux avaient amené des jeunes femmes bien jolies, et sages à croire qu'on les avait, chacune, chapitrées : « Tu sais, on va t'emmener chez Colette, mais on te rappelle qu'elle n'aime pas les cris d'oiseau, ni les aperçus littéraires. Mets ta plus jolie robe, la rose, la bleue. Tu verseras le café. » Ils savent que je tiens pour agréables les jeunes femmes jolies et peu familières. Ils sont au fait de ce qui charme mes heures de loisir : les enfants et les jeunes femmes cérémonieux, et les bêtes impertinentes.

Quelques peintres possèdent des épouses, ou des maîtresses, dignes d'eux et de la vie qu'ils mènent. On les voit douces, et pareilles en leurs mœurs aux femmes des cultivateurs. Les hommes ne se lèvent-ils pas avec le jour, pour s'en aller aux champs, en forêt, le long des côtes ? Ne reviennent-ils pas à la nuit approchante, fatigués, muets de solitude ? En leur absence, les femmes taillent des robes d'été dans un service de table, des napperons et des serviettes dans des mouchoirs en coton, et vont au marché avec simplicité, c'est-à-dire pour acheter des provisions, et non pour célébrer la « belle matière » des rascasses laquées de rouge, les ventres des girelles sanglées d'ocre et d'azur.

« Mon homme ? Il doit être aux champs, par là, sur Pampelonne », répond l'amie de

Luc-Albert Moreau, en désignant l'horizon d'un grand geste vague de paysanne. Asselin chante comme un bouvier, et parfois la brise, si vous tendez l'oreille, vous apporte la voix douce de Dignimont, qui lamente une petite complainte de soldat ou de matelot...

Hélène Clément, venue seule, n'était pas la plus laide, il s'en faut. Elle n'appartient ni au clan des modèles, ni à celui des femmes en puissance d'homme. C'est une blonde paille, aux cheveux plats. Le soleil la teint en rouge harmonieux, un beau rouge égal, qui envahit sa peau de blonde et voue au bleu, tout l'été, ses yeux pers. Grande, avec une chair modeste, elle ne pèche guère que par l'excès de loyauté physique et morale, qui est un des snobismes des filles de vingt-cinq ans. Il est juste de dire que je la connais peu.

Elle peint d'une manière obstinée, à grandes touches viriles, nage, conduit sa cinq-chevaux, va souvent visiter ses parents, qui, craignant le chaud, passent l'été dans la montagne. Elle habite une pension de famille, ainsi nul n'ignore sa qualité de « fille très sérieuse ». Il y a trente ans, on rencontrait Hélène Clément sur des plages, une broderie à la main. Aujourd'hui, elle peint la mer et s'oint d'huile de coco. Elle a gardé, des anciennes Hélène Clément, un joli front soumis, de la dignité corporelle, et surtout une manière déférente de répondre : « Oui, madame! Merci, madame! » qui entrouvre, — dans son langage appris chez des peintres et des mauvais garçons — la grille d'un jardin de pensionnat. J'aime, chez cette grande fille, justement cet air d'avoir laissé choir son ancienne broderie,

sa broderie qui lui tenait lieu de mystère.
Peut-être que je me trompe, parce que je ne
fais pas assez attention à Hélène. Peut-être
aussi la transparence, âme et corps, à laquelle
elle semble fort tenir, me laisse-t-elle trop
deviner le flottement triste qui est l'apanage
— elles le nient — des femmes dites indépen-
dantes qui ne font pas le mal si l'on donne au
commerce charnel son ancien nom de « mal ».

Il ne viendra plus personne. Je ne quitterai
pas cette table pour le petit café du port, d'où
l'on assiste aux couchers furibonds du soleil.
L'astre ramasse, vers la fin de la journée, le
peu de nues qu'évapore la mer chaude, les
entraîne au bas du ciel, les embrase et les
tord en chiffons de feu, les étire en barres
rougies, s'incinère en touchant les Maures...
Mais il se couche trop tard, en ce mois. Je
l'admirerai assez en dînant seule, le dos au
mur de ma terrasse. J'ai vu mon content de
figures sympathiques aujourd'hui. Allons donc
à la rencontre, la chienne, la chatte et moi, de
la grande couleur violette qui signale l'Est et
qui monte de la mer. Ce sera bientôt l'heure
du retour au logis pour quelques vieillards,
mes voisins, qui travaillent aux champs... Je
ne tolère les vieilles gens que courbés vers la
terre, crevassés et crayeux, la main ligneuse,
chevelus comme un nid. Certains m'offrent,
au creux d'une paume qu'ont délaissée la
moiteur et la couleur humaines, leurs œuvres
les plus précieuses : un œuf, un poussin, une
pomme ronde, une rose, un raisin. Une Provençale de soixante-douze ans va chaque jour
du port à son champ de vigne et de légumes,
deux kilomètres le matin, autant le soir. Elle

mourra sans doute de labeur, mais elle ne
semble pas lasse, quand elle s'assied un
moment devant ma grille. Elle pousse des cris
légers : « Té! qu'il est joli! » J'accours : elle
caresse, d'un doigt ciselé, noirci, crochu, le
bouton à tête plate, couleuvrine, comme prête
à siffler, d'un de ces lys des rivages qui
s'élancent de la terre, grandissent si vite qu'on
n'ose pas les regarder, épanouissent leur
corolle et leur parfum maléfique de fruit mûr
blessé, puis retournent au néant...

Non, il n'était pas joli. Il ressemblait à un
vigoureux serpenteau aveugle. Mais la vieille
femme savait qu'il serait joli quelques jours
plus tard. Elle avait eu le temps de l'apprendre.
Par moments je l'aimerais, chargée de poivrons
verts, un collier d'oignons frais au cou, ses
mains d'osier sec mi-fermées sur un œuf
qu'elle ne laisse jamais choir — si je ne me
ressouvenais soudain que, n'ayant plus la
force de créer, elle garde celle de détruire, et
qu'elle écrase la musaraigne sur l'allée, la
libellule contre la vitre, le chaton nouveau-né
encore humide. Elle n'y fait pas de différence
avec l'écossage des pois... Alors je lui dis :
« Adieu! » en passant et je les renfonce dans le
paysage, elle et son ombre : un très petit
homme ancien, qui loge, comme un lézard,
sous un laurier-rose et une hutte de pierres.
La vieille femme parle, l'homme ne parle
plus. Il n'a plus rien à dire à personne. Il
écorche la terre, ne pouvant plus bêcher, et
quand il nettoie le seuil de sa hutte il a l'air
de jouer, parce qu'il se sert d'un balai d'enfant.
On en a trouvé un mort, l'autre jour — un
vieillard. Tout sec comme le crapaud défunt,

que midi calcine avant qu'un rapace ait le
temps de le vider. La mort, ainsi frustrée
d'une grande part de corruption, est plus
décente à nos yeux de vivants. Corps friable et
léger, ossements creux, un grand soleil dévo-
rateur sur le tout, sera-ce mon lot final ? Je
m'applique parfois à y songer, pour me faire
croire que la seconde moitié de ma vie m'apporte un peu de gravité, un peu de souci de ce
qui vient *après*... C'est une illusion brève. La
mort ne m'intéresse pas, — la mienne non plus.

Nous avons bien dîné. Nous nous sommes
promenées sur le chemin de côte, le long de sa
région la plus peuplée, l'étroit marais fleuri
où l'eupatoire, le statice, la scabieuse apportent
trois nuances de mauve, le grand jonc fleuri
sa grappe de graines brunes comestibles, le
myrte sa blanche odeur, blanche, blanche,
amère, qui heurte les amygdales, blanche à
provoquer la nausée et l'extase, — le tamaris
son brouillard rose, le roseau sa massue à
fourrure de castor. Ce lieu déborde de vie,
surtout à la pointe du jour et au coucher des
oiseaux. La fauvette des roseaux glisse, pour
le plaisir, sans cesse, le long des hampes, et
éclate chaque fois de joie. Les hirondelles
rasent la mer, les mésanges ivres de courage
écartent de ce paradis des troupes de geais, de
guêpes altérées, de chats braconniers, et, dans
le milieu du jour, de lourds *Morios* traînant
le velours épais de leurs ailes, des *Flambés*
jaunes et rayés comme des tigres, des *Macha-
ons* à nervures gothiques survolent la petite
lagune douceâtre, salée de mer, sucrée de
racines et d'herbe, et viennent pomper le

miel des chanvres roses, des lotiers et des menthes, chacun d'eux voluptueusement attaché à sa fleur.

Le soir, la vie animale se cache un peu, s'éteint à peine. Que de rires secrets, de voltes rapides sous mes pas, que de fuites en éclair devant l'élan des deux chats qui me suivaient! C'est qu'en livrée de nuit ceux-ci sont redoutables. La douce chatte perce d'un trait les buissons, son puissant mâle réveillé lève en galopant les pierres du chemin comme un cheval, et tous deux, sans faim, croquent les sphinx aux yeux rougeoyants.

Le frais du soir s'accompagne ici, pour moi, d'un frisson qui ressemble à un rire, d'une robe d'air nouveau sur la peau libre, d'une clémence qui se resserre plus étroitement sur moi à mesure que la nuit se ferme. Si je me fiais à cette mansuétude, cet instant serait mon instant de grandir, de braver, d'oser, de mourir... Mais régulièrement je lui échappe. Grandir. Pour qui ? Oser... Qu'oserais-je donc de plus ? On m'a assez affirmé que vivre selon l'amour, puis selon l'absence d'amour, était la pire outrecuidance... Il fait si bon, à ras de terre... Et reprise, agrippée par des plantes juste assez hautes pour donner de l'ombre à mon front, par des pattes qui d'en bas cherchent ma main, par des sillons qui demandent l'eau, une tendre lettre qui veut une réponse, une lampe rouge dans le vert de la nuit, un cahier de papier lisse qu'il faut broder de mon écriture — je suis revenue comme tous les soirs. Que l'aube est proche! La nuit, en ce mois, se donne à la terre comme une amante clandestine, vite, peu à la fois.

Il est dix heures. Dans quatre heures, ce ne
sera plus la vraie nuit. D'ailleurs, une vaste
gueule ronde de lune, assez effrayante, envahit
le ciel, et elle n'est pas mon amie.

A trois cents mètres d'ici, la lampe de Vial,
dans sa maison en forme de dé, regarde la
mienne. A quoi donc songe ce garçon, au lieu
de traîner ses espadrilles le long du petit port,
ou de danser — il danse si bien — au petit bal
de la Jetée ? Il est trop sage. Il faudra qu'un
de ces jours je m'y prenne sérieusement et qu'à
cette autre sage, Hélène Clément, — oh! pour
le temps qu'ils voudront — je le marie.
Aujourd'hui, j'ai bien vu qu'elle changeait de
nuance, c'est-à-dire d'expression, en s'adres-
sant à lui. Elle riait avec tous les autres, et
surtout quand Carco, l'œil couleur caramel
entre des paupières mi-jointes de chasseur, lui
révélait l'infâme et prodigieux secret d'une
vieille prostituée qui réussit à rester, vingt-
cinq ans durant, « petite fille » au Quartier
Latin. Hélène n'a pas l'oreille prude, il s'en
faut. Mais son rire, aux récits de Carco, est
quand même le rire de l'ancienne Hélène Clément, qui égara sa broderie du temps que son
cousin, le polytechnicien, — « Oh! Henri,
voulez-vous vous taire! » — lui disait, en pous-
sant la balançoire, qu'il avait entrevu son
mollet... Hélène Clément dédie à Vial son
aspect le plus proche de la vérité : le sérieux
visage d'une fille qui ne demanderait qu'à être
simple. Il n'est pas possible que Vial ne l'ait
pas remarqué.

D'habitude, je ne me préoccupe guère d'organiser le bonheur d'un couple. Mais il me
semble que je suis responsable de cette déplai-

sante petite agitation, de cette mise en branle
de forces oisives qui pourront désormais
entraîner deux êtres, jusque-là bien distants
l'un de l'autre, bien abrités dans leur secret, ou
leur manque de secret individuel.

Menant ma voiturette hier matin au marché,
vers neuf heures, j'ai dépassé, puis ramassé
Hélène Clément, qui s'en allait, sa tête nue
lisse comme une pomme d'or, une toile sous
le bras, chez le menuisier qui fait métier d'en-
cadreur. Deux cents mètres plus loin, Vial,
derrière sa grille, sur le seuil du « Dé », déca-
pait un fauteuil ancien, sec, contourné et fin
comme une aubépine d'hiver.

— Vial, on ne t'a pas vu depuis deux jours !
Vial, qu'est-ce que c'est que ce fauteuil ?

Il riait, une barre blanche dans sa figure
sombre.

— Vous ne l'aurez pas, celui-là ! J'ai été le
chercher plus loin que Moustiers-Sainte-
Marie, avec la Citroën.

— C'est donc ça, dit Hélène.

Vial leva le nez, cacha ses dents.

— C'est donc ça que quoi ?

Elle ne dit rien et le regarda d'un air si dan-
gereusement bête qu'il pouvait lire, dans des
yeux pers que le soleil ne fermait pas, ce qu'il
eût voulu. Je sautai de la voiture :

— Montre, Vial, montre ! Et paye-nous le
vin blanc du matin, avec de l'eau fraîche !

Hélène descendit derrière moi, huma
l'odeur du petit logis étranger, meublé d'un
divan, d'une table de bateau en demi-lune,
éclairé de toile rose et de moustiers blancs.

— Un Juan Gris, deux Dignimont, un
chromo de Linder, compta Hélène. C'est tout

Vial, qui ne sait jamais sur quel pied danser...
Vous trouvez que ça fait bien aux murs, dans
une maison d'ici ?

Vial, qui essuyait ses mains tachées, regardait Hélène. Elle s'appuyait d'une main au
mur, levait le cou et les bras comme pour
grimper, et ses pieds, dressés sur leurs pointes,
nus dans les sandales, n'étaient pas laids. Et
quelle belle couleur de jarre rouge, sur tout le
corps si peu voilé !

— Vial, combien l'as-tu payé, ton fauteuil ?

— Cent quatre-vingt-dix. Et il est en noyer,
sous la peinture que des cochons lui ont mise
partout. Regardez le bras qui est décapé...

— Vial, vends-le-moi !

Il fit « non » de la tête.

— Vial, es-tu commerçant, oui ou non ?
Vial, as-tu du cœur ?

Il fit « non » de la tête.

— Vial, je te change ton fauteuil contre...
contre Hélène, tiens !

— Elle est donc à vous ? dit Vial.

Sa réplique valait, en esprit et en délicatesse,
ma plaisanterie.

— Ça va, ça va ! bouffonna Hélène. Vraiment, mon cher, c'est une affouaire !

Elle riait, plus rouge que son hâle rouge, et
dans chacun de ses yeux pers un point scintillant dansait. Mais Vial fit encore « non »
de la tête, et chaque point scintillant se changea en une larme.

— Hélène !...

Elle courait déjà hors de la maison, et nous
nous regardions, Vial et moi.

— Qu'est-ce qu'elle a ?

— Je ne sais pas, dit Vial froidement.

— C'est ta faute.

— Je n'ai rien dit.

— Tu as fait comme ça : « non, non ».

— Et si j'avais fait comme ça : « oui, oui », c'était mieux ?

— Tu m'ennuies, Vial... Je m'en vais... Je te dirai demain comment ça a fini.

— Oh! vous savez...

Il souleva une épaule, la laissa retomber, et me conduisit jusqu'au portillon du jardin.

Dans ma petite voiture, une Hélène aux yeux secs chantonnait, attentive à la toile fraîche qu'elle équilibrait sur ses genoux.

— Ça vous dit quelque chose, ça, madame Colette ?

J'accordai quelques mots, en regardant l'étude, honnête, qu'elle avait inutilement épaissie pour « faire peintre », et j'ajoutai, oubliant la prudence :

— Vial t'a fait de la peine ? J'espère bien que non ?

Elle me répondit, avec une froideur qui me parut identique à celle de Vial :

— Vous ne voudriez pas, madame Colette, ne confondez pas l'humiliation et le chagrin. Oui, oui, l'humiliation... Ce sont des accidents qui m'arrivent assez souvent, dans ce milieu-là.

— Quel milieu ?

Hélène remua les épaules, serra la bouche, et je la devinai mécontente d'elle-même. Elle se tourna vers moi; mouvement de loyauté brusque que ma petite voiture traduisit par une embardée, sur le chemin poétique qu'on ne répare jamais.

— Madame Colette, ne prenez pas en mal ce que je dis. Je dis « ce milieu », parce qu'au fond ce n'est pas le milieu où j'ai été élevée. Je dis « ce milieu », parce que, tout en l'aimant beaucoup, je me trouve quelquefois étrangère parmi les peintres et leurs amies, mais je suis tout de même assez intelligente pour...

— ... comprendre la vie...

Elle protesta de tout le corps.

— Je vous en prie, madame Colette, ne me traitez pas — ça vous arrive! — en petite bourgeoise qui affecte le genre Montparno. Je comprends en effet assez de choses, et particulièrement que Vial, qui n'est pas non plus de « ce milieu », est mal venu à plaisanter d'une certaine manière, à se permettre certaines libertés. Il n'y met pas de grâce, pas de gaîté, et ce qui serait charmant et bon enfant dans la bouche de Dédé ou de Kiss, par exemple, devient choquant dans la sienne!...

— Mais il n'a rien dit, insinuai-je, en freinant devant la « Pension de premier ordre » qui loge Hélène.

Debout près de la voiturette, et la main tendue, ma jeune passagère ne put masquer son irritation, ni l'étincelle, de nouveau mouillée, qui refléta dans ses yeux la couleur bleue triomphante de toutes parts :

— Si vous le voulez bien, madame Colette, n'en parlons plus! Je n'ai aucune envie d'éterniser cette histoire, qui n'en est pas une, même pour le plaisir d'écouter la défense de Vial, surtout présentée par vous!... présentée par vous!.....

Elle s'enfuyait, un peu trop grande pour son trouble de petite fille. Je lui criai : « Au revoir!

au revoir! », gentiment, pour que notre brusque séparation n'éveillât pas la curiosité de Lejeune, le sculpteur, qui traversait la placette, vêtu, en toute innocence, d'une culotte courte en toile vert Nil, d'un veston rose sans manches ouvert sur un chandail brodé de fleurettes au point de croix, et qui nous saluait, en soulevant un chapeau de jonc à larges bords, orné de cerises en laine.

*

C'est à cause de cette sotte Hélène que je supportai distraitement, moins agréablement, la présence de Vial, l'après-midi suivant. Il m'avait cependant apporté du nougat en barres et des branches de caroubier à fruits verts, qui demeurent longtemps fraîches si on les fiche dans des jarres emplies de sable humide.

Il traînait son indolence quotidienne sur la terrasse, après le bain de cinq heures, bain fouetté de vent, et si froid sous un soleil redoutable — car tout est surprise en Méditerranée — que nous ne cherchions pas l'abri de la salle rose, mais la tiède et vivante terre battue, sous l'ombre claire de rameaux espacés. Cinq heures de l'après-midi est un moment instable, doré, qui nuit passagèrement au bleu universel, air et eau, où nous nous baignons. Le vent ne se levait pas encore, mais un remous se révélait parmi les verdures les plus légères, comme le plumage des mimosas, et le signal faible lancé par une seule branche de pin recevait la réponse d'une autre branche de pin, qui hochait seule...

— Vial, tu ne trouves pas que c'est moins bleu qu'hier ?

— Qu'est-ce qui est moins bleu ? demanda dans un murmure l'homme de bronze au pagne blanc.

Il était à demi couché, le front sur ses bras pliés ; je l'aime toujours mieux, quand il cache son visage. Non qu'il soit laid, mais au-dessus du corps précis, éveillé, expressif, les traits du visage somnolent un peu. Je n'ai pas manqué d'affirmer à Vial qu'on pourrait le guillotiner sans que personne s'en aperçoive.

— Tout est moins bleu. Ou bien, c'est moi... Le bleu, c'est mental. Le bleu ne donne pas faim, ne rend pas voluptueux. Une chambre bleue est inhabitable...

— Depuis quand ?

— Depuis que je l'ai dit ! A moins que tu n'espères plus rien — dans ce cas, tu peux habiter une chambre bleue...

— Pourquoi moi ?

— Toi, ça signifie : n'importe qui.

— Merci. Pourquoi avez-vous du sang sur votre jambe ?

— C'est le mien. J'ai buté sur une fleur du rivage en forme de cul de bouteille.

— Pourquoi avez-vous la cheville gauche un peu enflée tous les jours ?

— Et toi, pourquoi as-tu été mufle avec la petite Clément, à la fin ?

L'homme de bronze se dressa, digne :

— Je n'ai pas été mufle avec la... avec Mlle Clément ! Mais si c'est pour un mariage, je vous serai mille fois reconnaissant, madame, de ne plus me parler d'elle !

— Comme tu es romanesque, Vial ! Est-ce qu'on ne peut pas rire un peu ? Pousse-toi, tu tiens toute la place sur ce parapet... que je te raconte! Tu ne sais pas tout. Hier, en me quittant, elle m'a interdit de prendre ta défense! Et elle est partie dans un grand mouvement tragique, en répétant : « Surtout pas vous! Surtout pas vous! » Crois-tu ?

Vial sauta sur ses pieds, se campa devant moi, pareil à un mitron des noirs royaumes.

— Elle vous a dit ça ? Elle a osé ?

Il me montrait un visage si écarquillé, ouvert à toutes les conjectures, et si comique par sa nouveauté que — j'ai le rire plus prompt qu'autrefois — je ne pus garder mon sérieux. La respectabilité que confèrent à Vial le silence fréquent, le regard bas, une certaine sécurité dans l'attitude, craquait de partout, et je ne le trouvais pas joli... Il se reprit avec une promptitude agréable et soupira négligemment :

— Pauvre petite...

— Tu la plains ?

— Et vous ?

— Vial, je n'aime pas beaucoup ta manière de répondre toujours à une question par une question. Ce n'est pas courtois. Moi, tu comprends, je ne connais pas, pour ainsi dire, cette jeune fille.

— Moi non plus.

— Ah!... je croyais... Mais elle n'est pas difficile à connaître. Elle a l'air de bannir le mystère comme si c'était un microbe... Eh!... Houhou!... Ce n'est pas Géraldy, qui revient des Salins ?

— Si, je pense.

— Pourquoi ne s'est-il pas arrêté ?

— Il ne vous a pas entendue, le bruit de ses changements de vitesse couvre tous les autres.

— Mais si, il a regardé! C'est toi qui lui as fait peur! Je te disais que la petite Hélène Clément...

— Vous permettez ? Je vais chercher mon chandail. Les gens du Nord appellent la Provence un pays chaud...

Vial s'éloigna, et je perçus mieux le chaud, le frais, l'obliquité accrue de la lumière, le bleu universel, quelques ailes sur la mer, le figuier proche qui répand son odeur de lait et de foin en fleurs. Un très petit incendie pomponné fumait sur une montagne. Le ciel, en touchant le rude azur d'une Méditerranée qui frisait comme un pelage, devint rose, et la chatte se mit, sans motif apparent, à me sourire. C'est qu'elle aime la solitude, je veux dire ma présence, et son sourire éclaira en moi la conviction que je traitais, pour la première fois, Vial en tiers d'importance.

Le vide, le bien-être aéré que me laissait l'absence de Vial, sa présence suffisait donc à interdire l'un, à combler l'autre ? Dans le même moment, je compris que, si l'auto de Géraldy n'avait pas suspendu, devant ma porte, sa plainte de mécanismes torturés, c'est parce que Vial, visible de la route, se tenait à mes côtés... que, si mes amis et mes camarades s'abstenaient docilement, unanimement, de fréquenter vers cinq heures ma plage en forme de croissant où le sable est, sous l'eau pesante et bleue, si ferme et si blanc, c'est qu'ils tenaient pour sûr d'y rencontrer, en même temps que moi, muet à demi, vaguement ennuyé, retranché loin d'eux et nageant entre deux eaux, Valère Vial.

Ce n'est que cela... C'est un petit malentendu. J'ai bien réfléchi, pas longtemps, mais il n'y a pas d'utilité à réfléchir longtemps, et rien, dans ce qui m'occupe, n'en vaut la peine. Je ne puis croire à un calcul quelconque chez ce garçon. Il est vrai qu'à être souvent dupée je n'ai pas appris la défiance... Je craindrais plutôt, pour lui, une forme d'attachement amoureux. J'écris cela sans rire, et en levant la tête je me regarde, sans rire, dans le miroir penché, puis je me remets à écrire.

Aucune autre crainte, même celle du ridicule, ne m'arrête d'écrire ces lignes, qui seront, j'en cours le risque, publiées. Pourquoi suspendre la course de ma main sur ce papier qui recueille, depuis tant d'années, ce que je sais de moi, ce que j'essaie d'en cacher, ce que j'en invente et ce que j'en devine ? La catastrophe amoureuse, ses suites, ses phases, n'ont jamais, en aucun temps, fait partie de la réelle intimité d'une femme. Comment les hommes — les hommes écrivains, ou soidisant tels — s'étonnent-ils encore qu'une femme livre si aisément au public des confidences d'amour, des mensonges, des demimensonges amoureux ? En les divulguant, elle sauve de la publicité des secrets confus et considérables, qu'elle-même ne connaît pas très bien. Le gros projecteur, l'œil sans vergogne qu'elle manœuvre avec complaisance, fouille toujours le même secteur féminin, ravagé de félicité et de discorde, autour duquel l'ombre s'épaissit. Ce n'est pas dans la zone illuminée que se trame le pire... Homme, mon ami, tu plaisantes volontiers les œuvres, fatalement autobiographiques, de

la femme. Sur qui comptais-tu donc pour te
la peindre, te rebattre d'elle les oreilles, la
desservir auprès de toi, te lasser d'elle à la
fin ? Sur toi-même ? Tu es mon ami de trop
fraîche date pour que je te donne grossière-
ment mon opinion là-dessus. Nous disions
donc que Vial...

Que la nuit est belle, encore une fois! Qu'il
fait bon, du sein d'une telle nuit, considérer
gravement ce qui n'a plus de gravité! Gravement, car ce n'est pas sujet à risée. Ce n'est
pas la première fois qu'une sourde ardeur
étrangère tente de rétrécir d'abord, puis de
rompre le cercle où je vis si confiante. Ces
conquêtes involontaires ne sont pas le fait
d'un âge de la vie. Il faut leur chercher — ici
cesse mon irresponsabilité — une origine littéraire. J'écris ceci humblement, avec scrupule. Quand des lecteurs se prennent à écrire
à un auteur, surtout à un auteur femme, ils
n'en perdent pas de sitôt l'accoutumance.
Vial, qui ne me connaît que depuis deux ou
trois étés, doit me chercher encore à travers
deux ou trois de mes romans, — si je les ose
nommer romans. Il y a encore des jeunes filles
— trop jeunes pour prendre garde aux dates
des éditions — qui m'écrivent qu'elles ont lu
les *Claudine* en cachette, qu'elles attendent ma
réponse à la poste restante..., à moins qu'elles
ne me donnent rendez-vous dans un « thé ».
Elles me voient peut-être en sarrau d'écolière,
— qui sait? en chaussettes ? — « Vous ne
mesurerez que plus tard », me disait Mendès
peu avant sa mort, « la force du type littéraire
que vous avez créé. » Que n'en ai-je, hors de
toute suggestion masculine, créé un qui fût,

par sa simplicité, et même par sa ressemblance, plus digne de durer ! Mais revenons à Vial et à Hélène Clément...

Une vieille lune usée se promène dans le bas du ciel, poursuivie par un petit nuage surprenant de netteté, de consistance métallique, agrippé au disque entamé comme un poisson à une tranche de fruit flottante... Ce n'est pas là encore une promesse de pluie. Nous voudrions de la pluie pour les jardins et les vergers. Le bleu nocturne, insondable et comme poudré, fait plus rose, quand je reporte sur eux le regard, le rose de mes murs peu couverts. Une fraîcheur orientale s'attache aux parois nues, et les meubles clairsemés respirent à l'aise. Il n'y a qu'en ce pays soleilleux qu'une table lourde, un siège de paille, une jarre coiffée de fleurs, et un plat au marli noyé d'émail composent un mobilier. Segonzac ne décore sa « salle », vaste comme une grange, que de trophées rustiques, faux et râteaux croisés, fourches à deux dents en bois poli, couronnes d'épis, et fouets à manches rouges, dont les mèches tressées parafent gracieusement le mur. De même, dans le « Dé » de Vial...

Oui, revenons à Vial. Je vagabonde cette nuit autour de Vial, à la manière du cheval que l'obstacle importune, et qui fait le gentil, avec mille folâtreries de cheval, devant la barrière. Je n'ai pas peur d'être émue, mais j'ai peur de m'ennuyer. J'ai peur de l'appétit de drame et de sérieux qui habite les jeunes gens, — surtout Hélène Clément. Que Vial était aimable, hier ! il l'est déjà moins. Je rapproche, de son aspect d'hier, son aspect

d'aujourd'hui. Malgré moi, je donne un sens à
sa fidélité de bon voisin, à ses longs silences,
à son attitude favorite, la tête couchée sur ses
bras pliés. J'interprète, je fais tinter le son de
ses crises interrogatives : « Est-ce que c'est
vrai que... Qui a pu vous donner l'idée de tel
personnage ? Est-ce que vous n'avez pas connu
Un Tel, vers l'époque où vous écriviez tel
livre ?... Oh! vous savez, si je suis indiscret,
envoyez-moi promener... » Et puis, ce soir,
pour comble : « Elle a osé... elle a osé ?... »
répétait-il. Et une mimique de jeune premier...

Voilà le fruit, — à une saison de la vie où je
n'accepte que la fleur de tout plaisir et le meilleur de ce qu'il y a de mieux, puisque je ne
demande plus rien — le fruit dessaisonné que
mûrissent ma prompte familiarité — « Hé !
jeune homme, paye-moi une douzaine de por-
tugaises, là, sans s'asseoir, comme à Mar-
seille... Vial, demain, on se lève à six heures, et
on va aux Halles acheter des roses, service
commandé ! » — et une renommée qui rend
des sons fort divers...

Et si j'allais désormais être moins douce, à
moi-même et à autrui, jusqu'à la fin de la
belle saison provençale constellée de géraniums brasillants, de robes blanches, de pas-
tèques entrouvertes montrant leur cœur igné
comme des planètes éclatées ? Rien ne mena-
çait pourtant mon heureux été de sel bleu et
de cristal, mon été à fenêtres ouvertes, à
portes battantes, mon été à colliers de jeunes
aulx d'un blanc de jasmin...

L'attachement amoureux de Vial, — le
dépit, non moins amoureux, de la petite Clé-

ment : je prends place entre ces deux fluides,
malgré moi. Je les interroge et je les com-
mente en signes d'encre, en écriture rapide.
Quitte à encourir le ridicule... C'est vrai, il y
a le ridicule. Ce n'est guère la peine que je
m'en souvienne, puisque dans un moment je
l'aurai oublié. Ce n'est pas de toi, ma très
chère — où veilles-tu, à cette heure de ta
veille quotidienne ? — que j'aurais appris
l'hésitation au moment d'aider, de la main et
de l'épaule, un limonier épuisé, — de ramas-
ser, dans un pli de robe, un chien boueux, —
de fléchir, d'abriter l'enfant frissonnant, hostile, que nous n'avions pas fait nous-mêmes, ou
de charger sur des bras impartiaux le poids
d'un balbutiant amour qui penchait vers de
plus mortels abîmes... Si je glisse, dans notre
passif commun, tel désordre que tu ne recon-
naîtras pas, pardonne-moi. « À mon âge, il n'y
a plus qu'une vertu : ne faire de mal à personne. » C'est de toi, ce mot-là. Je n'ai pas, ma
très chère, ton pied léger pour passer dans
certains chemins. Je me souviens que, par des
jours de pluie, tu n'avais presque pas de boue
sur tes souliers. Et je vois encore ce pied léger
faire un détour pour épargner une petite cou-
leuvre, déroulée d'aise sur un sentier chaud. Je
n'ai pas ta sécurité aveugle à palper avec ravis-
sement le « bien » et le « mal », ni ton art à
rebaptiser selon ton code de vieilles vertus
empoisonnées, et de pauvres péchés qui attendent, depuis des siècles, leur part de paradis.
Tu fuyais, de la vertu, l'austérité pestilentielle.
Que j'aime ta lettre : « *Le goûter était donné en
l'honneur de femmes fort laides. Fêtait-on leur
laideur ? Elles apportent leur ouvrage et elles tra-*

*vaillent, travaillent, avec une application qui me
fait horreur. Pourquoi me semble-t-il toujours
qu'elles font quelque chose de mal ?* » Tu flairais,
dégoûtée, une bienfaisance capable de plus
d'un crime...

Voici l'aurore. Elle n'est aujourd'hui que
petites nues en pluie de fleurs, une aurore
pour des cœurs délivrés. En me haussant sur
mes poignets j'aperçois, émergés déjà de
l'ombre que traque la lumière, une mer noir
d'hirondelle, et le « Dé » encore sans couleur
propre, le « Dé » où repose un garçon solitaire, qui mûrit un secret de trop. Solitaire...
C'est un mot à belle figure, son S en tête
dressé comme un serpent protecteur. Je ne
puis l'isoler tout à fait de l'éclat farouche
qu'il reçoit du diamant. L'éclat farouche de
Vial... Pauvre type... Pourquoi donc ne m'avi-
sé-je pas de m'écrier : « Pauvre Hélène Clément... ? » J'aime bien me prendre sur le fait.
Au Maroc, j'ai passé chez des propriétaires
de grandes cultures, exilés volontaires de
France, tout entiers voués à leurs vastes
domaines marocains. Ils avaient conservé une
curieuse manière, en lisant les journaux, de
s'élancer sur « Paris », avec un appétit, des
sourires de fête... Homme, ma patrie, tu
demeures donc l'aîné de mes soucis ? Je n'y
vois pas d'inconvénient. Mais, soucis, petites
amours d'été, mourez ici en même temps que
l'ombre qui cernait ma lampe : un chant
outrecuidant de merle, rompant son fil de
grosses perles rondes, roule jusqu'à moi. Le
parfum des pins, nocturne encore, va se dis-
soudre au soleil imminent. La belle heure

pour aller, dans la mer mal éveillée où chaque foulée de mes jambes nues crève, sur l'eau d'un bleu lourd, une pellicule d'émail rose, quérir la litière d'algues dont je veux protéger le pied des jeunes mandariniers!...

« *Minet-Chéri,*

« *Il est à peine cinq heures du matin. Je t'écris à la lueur de ma lampe et à celle d'un incendie bien près de chez moi, en face : c'est la grange de Mme Moreau qui brûle. A-t-on mis le feu exprès ? Elle est pleine de fourrage. Les pompiers sont là, dans mon petit jardin; ils piétinent mes plates-bandes préparées pour les fleurs et les fraisiers. Il pleut du feu sur mon poulailler; quelle chance que je n'aie plus voulu élever des poules! Cela me faisait horreur de manger ou de faire manger des poules confiantes, que j'avais nourries. Que ce feu est beau! Auras-tu hérité mon amour des cataclysmes ? Hélas, voilà que crient et courent de toutes parts les pauvres rats qui s'échappent de la grange en flammes. Je pense qu'ils se réfugieront dans ma remise à bois. Ne t'inquiète pas pour le reste, le vent par chance est d'Est. Tu te rends compte que, s'il était d'Ouest, je serais déjà rôtie. Comme je ne peux servir à rien en personne, et qu'il ne s'agit que de paille, je puis donc m'abandonner à mon amour pour les tempêtes, le bruit du vent, les flammes en plein air... Je vais, après t'avoir rassurée en t'écrivant, prendre mon café matinal, en contemplant le beau feu. »*

— Je n'ose naturellement pas vous offrir une si petite chose..., répétait Hélène Clément pour la seconde fois.

La petite chose qu'elle m'a apportée hier, c'est une étude de mer, vue entre des figuiers de Barbarie, bleu de zinc sur le bleu chimique de la mer, une étude bien ramassée, toujours un peu trop solide.

— Mais tu es pourtant venue pour me l'offrir, Hélène ?

— Oui... C'est parce qu'elle est bleue et que vous aimez à vous entourer de bleus différents... Mais, n'est-ce pas, on ne doit pas oser vous offrir de si petites choses...

Avait-elle donc vu chez moi de « grandes choses » ? D'un geste circulaire, je pouvais me disculper... Je la remerciai, et elle disposa avec gentillesse sa toile au bord d'une étagère, sous un petit rayon rigide, couleur de foudre, qui perçait l'ombre entre deux persiennes. La toile brilla de tous ses bleus, laissa voir tous les artifices du peintre, comme un visage grimé livre ses secrets sous le feu d'un projecteur, et Hélène soupira.

— Vous voyez, dit-elle, ce n'est pas bon.

— Qu'est-ce que tu reproches à cette étude ?

— Qu'elle est de moi, voilà tout. D'un autre, elle serait meilleure. C'est difficile de peindre.

— C'est difficile d'écrire.

— Vraiment ?

Elle me posa cette question banale sur un ton de voix anxieux, plein d'incrédulité et de surprise.

— Je t'assure.

Les yeux de cette jeune fille, dans la pénombre que j'organise, chaque après-midi, avec autant de soin que je ferais d'un bouquet, devenaient d'un vert sombre, et j'admirais, sous des cheveux qui cessaient d'être blonds, un cou de parfaite et vivante argile rouge, un fût dru, mouvant, long comme on voit aux êtres d'intelligence médiocre, mais en même temps épais, proclamant la force, l'envie de parvenir, la confiance en soi...

— Vous travailliez, madame ?

— Non, jamais à cette heure-ci, du moins en été.

— Alors, je vous dérange moins que si j'étais venue à une autre heure ?

— Si tu me dérangeais, je te renverrais.

— Oui... Voulez-vous que je vous prépare une citronnade ?

— Non, merci, — à moins que tu n'aies soif ? Excuse-moi, je te reçois bien mal.

— Oh !...

Elle fit un geste quelconque de la main, saisit un livre qu'elle ouvrit. La page blanche s'alluma sous le rayon qui fendait l'ombre, et jeta son reflet au plafond comme un miroir. La puissante lumière de l'été s'empare, pour de tels jeux, du moindre objet, l'exhume, le glorifie ou le dissout. Le soleil de midi noircit les géraniums rouges et précipite verticalement sur nous une cendre triste. Il arrive qu'à midi les courtes ombres, que résorbent les murs et le pied des arbres, soient le seul azur pur du paysage... J'attendais, patiente, qu'Hélène Clément partît. Elle leva seulement un bras pour lisser ses cheveux du plat de la main. Sans la voir, son geste me l'eût révélée

blonde, sainement, un peu âcrement blonde...
Blonde, et émue, énervée, — je n'en pouvais
douter. Elle baissa vite, avec embarras, son
bras nu, belle anse rougeâtre, encore un peu
plate entre l'épaule et le coude.

— Tu as de bien jolis bras, Hélène.

Elle sourit pour la première fois depuis son
entrée, et me fit la grâce de montrer de la
confusion. Car, si femmes et jeunes filles
reçoivent des hommes, sans broncher, des
compliments sur les attraits précis de leur
corps, une louange féminine les flatte mieux,
les pare d'une gêne ensemble et d'un plaisir
parfois assez profonds. Hélène sourit, puis
leva l'épaule.

— Ça m'avance à quoi, avec ma chance ?...

— Ça pourrait donc t'avancer, sans ta
chance ?

J'employais là, sournoisement, le procédé de
réponse interrogative que je blâmai chez Vial...

Elle me regarda avec franchise, favorisée
par la pénombre qui la changeait en jeune
femme châtaine aux yeux vert foncé.

— Madame Colette, — commença-t-elle
sans beaucoup d'effort, — vous avez bien
voulu me traiter, l'autre été et celui-ci, en...
vraiment en...

— Petite copine ? suggérai-je.

— Il y a deux jours, madame, j'aurais dit
copine, en effet. J'aurais probablement ajouté
que j'en avais marre et marre de tous les
potes, ou quelque chose d'aussi personnel.
Aujourd'hui, il ne me vient pas d'argot. Il ne
me vient presque jamais d'argot avec vous,
madame Colette.

— Je peux m'en passer, Hélène.

Cette enfant échauffait ma pièce fraîche, et son émotion épaississait l'air. Je ne lui en voulus d'abord que de cela, et de raccourcir ma journée. Et puis, je connaissais le secret d'Hélène, et je craignais de m'ennuyer. Déjà, je m'échappais, en esprit, vers la brûlante terre battue de la terrasse, et j'écoutais, ressuscités par mon attention, les criquets qui sciaient en menus éclats la canicule... En sursaut, j'ouvris mes sens à tout ce qui resplendissait de l'autre côté des persiennes, et je ne tardai pas davantage à exprimer mon impatience par un :

— Alors, Hélène ?...

qu'une femme faite eût pris pour un congé à peine poli. Mais Hélène est une jeune fille tout entière et me le fit bien voir. Elle se jeta sur cet « alors ?... » avec une générosité de bête à laquelle on n'a jamais tendu encore de piège, et parla :

— Alors, madame, je veux vous montrer que je suis digne de la confiance... enfin, de l'accueil que vous m'avez fait. Je ne veux pas que vous me croyiez ni menteuse, ni... Enfin, madame Colette, c'est vrai que je vis d'une manière très indépendante, et que je travaille... Mais, tout de même, vous savez assez la vie pour comprendre qu'il y a des heures pas drôles... que je suis une femme comme les autres... qu'on n'échappe pas à certaines sympathies... à certains espoirs, et justement cet espoir-là m'a trompée, m'a assez cruellement trompée, car j'avais des raisons de croire... Dans ce pays même, l'an dernier, madame, il m'avait parlé en termes qui n'étaient pas ambigus...

Moins par malice que pour lui permettre
de respirer, je demandai :

— Qui ?

Elle le nomma, d'une manière musicale :

— Vial, madame.

Le reproche, lisible dans ses yeux, ne blâ-
mait pas ma curiosité, mais bien la finasserie
qu'elle jugeait indigne de nous. Aussi protes-
tai-je :

— Je sais bien que c'est Vial, mon enfant.
Et... qu'allons-nous faire à cela ?

Elle se tut, entrouvrit la bouche, mordilla
ses lèvres séchées. Pendant que nous parlions,
la rigide hampe de soleil pailletée de poussière était venue jusqu'à lui brûler l'épaule,
et comme sous une mouche Hélène remuait
le bras, repoussait de la main le sceau de
lumière. Ce qui lui restait à dire ne dépassait
pas ses lèvres. Il lui restait à me dire :
« Madame, je crois que vous êtes la... l'amie
de Vial, et c'est pour cela que Vial ne peut
pas m'aimer. » Je le lui aurais bien soufflé,
mais les secondes passaient, et ni l'une ni
l'autre nous ne décidions de parler. Hélène
recula un peu son fauteuil et la lame de
lumière caressa son visage. Je fus sûre que
dans un instant toute la jeune planète — joues
et front découverts, arrondis, séléniens —
allait se crevasser, livrée aux séismes des san-
glots. Un duvet blanc, à peine visible d'ordinaire, s'emperlait, autour de la bouche, d'une
rosée d'émotion. Hélène s'essuyait les tempes,
du bout de son écharpe bariolée. Une rage
de sincérité, une odeur de blonde exaspérée
s'échappaient d'elle, encore qu'elle se tût de
toutes ses forces. Elle me suppliait de com-

prendre, de ne point l'obliger à parler; mais je cessai soudain de m'occuper d'elle en tant qu'Hélène Clément. Je lui rendis sa place dans l'univers, parmi les spectacles d'autrefois dont j'avais été le spectateur anonyme ou l'orgueilleux responsable. Cette honnête forcenée ignorera toujours qu'elle fut digne d'affronter dans ma mémoire les larmes de délices d'un adolescent, — le premier choc du feu sombre, à l'aurore, sur une cime de fer bleu et de neige violette, — le desserrement floral d'une main plissée de nouveauné, — l'écho d'une note unique et longue, envolée d'un gosier d'oiseau, basse d'abord, puis si haute que je la confondais, dans le moment où elle se rompit, avec le glissement d'une étoile filante, — et ces flammes, ma très chère, ces pivoines échevelées de flammes que l'incendie secouait sur ton jardin... Tu t'attablais, contente, cuiller en main, « puisqu'il ne s'agissait que de paille »...

Je revins volontiers à Hélène, d'ailleurs. Elle balbutiait, empêtrée de son incommode amour et de sa respectueuse suspicion. « Te voilà! » faillis-je lui dire. Une passante n'existe pas si aisément. Elle parlait de la honte qu'elle avait, de son devoir de s'en aller « d'un autre côté », elle se reprochait de m'avoir rendu visite aujourd'hui, promettait « de ne jamais revenir, puisque... ». Elle tournait misérablement autour d'une conclusion défendue par quatre ou cinq mots barbelés, affreux, inexpugnables, « puisque vous êtes la... l'amie de Vial ». Car elle n'aurait pas osé dire « la maîtresse ».

Elle dépassa vite le moment qui l'avait

illuminée toute, et je regardais diminuer, s'éteindre, noircir mes souvenirs...

— Si au moins vous me disiez un mot, madame, rien qu'un mot, ne fût-ce que pour me jeter dehors... Je n'ai rien contre vous, madame, je vous jure...

— Mais moi non plus, Hélène, je n'ai rien contre toi...

Et allez donc, les larmes. Ah! ces grands chevaux de filles qui courent les chemins seules, sans faillir, mènent leur voiture, fument du gros tabac et engueulent père et mère...

— Voyons, Hélène, voyons...

Je ressens encore, en écrivant, une grande répulsion pour cette heure d'aujourd'hui, — minuit n'a pas sonné encore. — Je n'ose nommer qu'à présent la cause de ma gêne, de ma rougeur, de ma maladresse à articuler quelques mots si simples : elle se nomme timidité. En s'éloignant de l'amour et de l'exercice de l'amour, on la rencontre donc de nouveau ? C'était donc si difficile à dire, ce que j'ai enfin dit à cette quêteuse en larmes : « Mais non, mon enfant, c'est une grosse sottise que vous imaginez là... Personne ici ne prend plus rien à personne... Je vous pardonne bien volontiers, et si je peux vous aider... »

La brave fille n'en demandait pas tant. Elle me disait : « Merci, merci », célébrait ma « bonté », d'une bouche bégayante et ses baisers me mouillaient les mains... « Ne me dites pas « vous », madame, ne me dites pas « vous »...
Quand je lui ouvris la porte, le soleil abaissé l'embrassa toute sur son seuil, elle, sa robe

blanche froissée, ses yeux gonflés, un peu
riante, moite, repoudrée, peut-être touchante...
Mais je subissais ma mauvaise timidité, face
à face avec cette jeune Hélène en désarroi. Le
désarroi n'est pas de la timidité. C'est au
contraire une sorte de sans-gêne, de plaisir à
se vautrer...

Ma journée n'a pas été une douce journée.
J'ai encore des jours et des jours devant
moi, je suppose; mais je n'aime plus les
gâcher. Timidité dessaisonnée, un peu flétrie,
et amère comme tout ce qui demeure suspendu, équivoque, inutile... Ni parure, ni
pitance...

Un faible sirocco, silencieux, va d'un bout
de la chambre à l'autre. Il ne ventile pas plus
la pièce que ne ferait un hibou prisonnier.
Quand j'aurai quitté ces pages, couleur de
jour clair dans la nuit, j'irai dormir sur le
matelas de raphia, dehors. Le ciel entier
tourne sur la tête de ceux qui reposent à la
belle étoile, et, si je m'éveille une ou deux fois
avant le grand jour, la course des larges étoiles,
que je ne retrouve plus à la même place, me
donne un peu de vertige... Certaines fins de
nuits sont si froides que la rosée, à trois heures,
se fraye un chemin de larmes sur les feuilles,
et que le long pelage de la couverture d'An-
gora s'argente comme un pré... Ti-mi-di-té,
j'ai eu de la timidité. Il ne fallait pourtant
que parler de l'amour, et me laver du soup-
çon... C'est que la crainte — même la
mienne — du ridicule a des limites. Me
voyez-vous, criant, le rouge de l'innocence
au front, que Vial...

Au fait, qu'est-ce qu'il devient là-dedans ?

Toute la lumière de la petite histoire, l'héroïne la réclame. Elle bondit au premier plan, y installe ses franches couleurs, son mauvais goût d'honorabilité inattaquable... Et l'homme, lui ? Il se tait, il se terre. Quel avantage!...

Il ne s'est pas tu longtemps, l'homme. Je ne saurais admirer combien, voyageant subtilement sur trois cents mètres de côte, suivant comme un oiseau altéré les courbes du rivage, la pensée d'Hélène avait été prompte à forcer la maison, le repos de Vial. Je n'oublie pas de noter que ce matin, au lieu d'ouvrir la grille et de s'avancer parmi la bienvenue des chiens, Vial, accoté à la grille, criait de loin :

— C'est nous deux Luc-Albert Moreau !

Et, du bras, il me désignait, — singulièrement vêtu de noir et les mains croisées, l'œil humide comme celui des biches, armé de patience et de douceur autant qu'un saint campagnard, — Luc-Albert Moreau.

— Tu as donc besoin de références ? criai-je à Vial. Entrez, vous-deux-Luc-Albert !

Mais Luc-Albert voulut partir aussitôt, car il allait à la rencontre de toiles vierges et de sa femme, l'une apportant les autres.

— Vous m'excusez... Plus une toile à la maison... Plus une toile dans la ville... Des hectares, des hectares de toiles dévastés, mis en couleur par les Américains et les Tchécoslovaques... Je peins sur des fonds de carton à chapeau... Ils disent que c'est la faute de la

gare... Oh! cette gare! Vous savez comment
est cette gare...

En même temps il semblait, d'une main en
conque, absoudre et bénir tout ce que sa
parole condamnait.

La jeunesse de la journée persistait sous le
soleil de dix heures, grâce à une brise active
qui venait du golfe. Une gaîté dans la lumière,
le clapotement des mûriers, l'envers frais de
la très grande chaleur, rappelaient le mois de
juin. Les bêtes rajeunies erraient comme au
printemps, une grande main nocturne semblait avoir effacé deux mois sur la terre...
Abusée, allégée, je menais à bien, sans peine,
le paillage des mandariniers. Dans la fosse
circulaire creusée autour de leur tronc sur
deux mètres de diamètre, j'entassais l'algue
dessalée, puis je la recouvrais de terre que je
damais des deux pieds ainsi qu'une vendange,
et le vent printanier, à mesure, séchait ma
sueur...

Soulever, pénétrer, déchirer la terre est un
labeur — un plaisir — qui ne va pas sans une
exaltation que nulle stérile gymnastique ne
peut connaître. Le dessous de la terre, entrevu,
rend attentifs et avides tous ceux qui vivent
sur elle. Les pinsons me suivaient, fondant
sur les vers avec un cri; les chats humaient
ce peu d'humidité qui brunit les mottes
friables; la chienne grisée forait, à toutes
pattes, son terrier personnel... A ouvrir la
terre, ne fût-ce que l'espace d'un carré de
choux, on se sent toujours le premier, le
maître, l'époux sans rivaux. La terre qu'on
ouvre n'a plus de passé, elle ne se fie qu'au
futur. Le dos brûlé, le nez ciré, le cœur son-

nant sourdement comme un pas derrière un
mur, j'étais si appliquée que j'oubliais un
moment Vial. Le jardinage lie les yeux et l'esprit à la terre, et je me sens de l'amour pour
l'aspect heureux, l'expression d'un arbrisseau
secouru, nourri, étayé, embourgeoisé dans son
paillis couvert de terre neuve...

— Tout de même, Vial, si c'était le vrai
printemps, comme la terre serait plus odorante!

— Si c'était le vrai printemps... répéta Vial.
Mais alors, nous serions loin d'ici, et privés
de l'odeur de cette terre.

— Patience, Vial, bientôt je viendrai ici au
printemps... et à l'automne... et aussi pendant les mois qui servent à bourrer les inter-
valles entre deux saisons... Février, tiens, ou
bien la deuxième quinzaine de novembre...
La deuxième quinzaine de novembre, et les
vignes nues... Ce tout petit mandarinier en
boule, crois-tu qu'il a un bon style, déjà?
Rond comme une pomme! Je tâcherai de lui
garder cette forme-là... Dans dix ans...

Il faut croire que quelque chose d'invisible,
d'indicible, m'attend au bout de ce terme,
puisque je bronchai sur les dix ans et ne pour-
suivis pas.

— Dans dix ans?... répéta Vial en écho.

Je relevai la tête pour répondre, et je trouvai que ce garçon bien tourné, logé à l'étroit
dans sa belle peau brune, faisait, en dépit
d'un vêtement blanc, une tache bien sombre
dans mon enclos, sur le mur rose, sur les
bâtons de Saint-Jacques, sur les géraniums
et les dahlias...

— Dans dix ans, Vial, on cueillera de belles
mandarines sur ce petit arbre.

— Vous les cueillerez, dit Vial.

— Moi ou quelqu'un d'autre, ça n'a pas d'importance.

— Si, dit Vial.

Il baissa le nez, qu'il porte un peu grand, et me laissa soulever l'arrosoir plein sans m'aider.

— Ne te fatigue pas, Vial!

— Pardon...

Il étendit un bras de bronze, une main aux doigts délicats que le soleil a teints. Il y avait un contraste sensible entre la vigueur du bras et la main aux longs doigts, et je haussai les épaules, en dédaignant le secours de cette main.

— Peuh!...

— Oui, je sais bien...

Vial supplée aux mots qui manquent dans une phrase, et traduit une exclamation dans son sens juste.

— Je n'ai pas... pensé ça pour te froisser. C'est assez joli, une main d'homme fine.

— C'est assez joli, mais ça ne vous plaît pas.

— Pas pour un terrassier, naturellement... Oh! je vais claquer de congestion, vivement un bain! La peau de mon dos se fend, le haut des bras me pèle, et quant à mon nez... Songe! depuis ce matin, sept heures et demie! Je suis affreuse, n'est-ce pas ?

Vial me regarda au visage, aux mains; le soleil le contraignait à cligner des yeux, en rebroussant la lèvre supérieure sur les dents. Sa grimace se changea en une petite convulsion désolée, et il répondit :

— Oui.

C'était, je l'avoue, la seule réponse que je
n'attendisse pas. Et l'accent de Vial ne me
permettait pas la plaisanterie. Je voulus pourtant rire, en m'essuyant le cou et le front :

— Eh bien, mon vieux, tu n'y vas pas par
quatre chemins, toi, au moins...

Et je retrouvai un petit rire maladroit de
femme pour insister :

— Alors, tu me trouves affreuse, et tu me
le dis ?

Vial me dévisageait toujours, et toujours
avec une expression de souffrance intolérante,
et il me fit attendre sa réponse :

— Oui... Il y a trois heures que vous vous
acharnez à ce travail imbécile... mettons inutile... comme presque tous les jours... Depuis
trois heures, vous cuisez au soleil, vos mains
ressemblent aux mains de l'homme qui vient
en journée, votre casaquin sans jupe a perdu
sa couleur, et vous n'avez pas daigné vous
poudrer le visage depuis ce matin. Pourquoi,
pourquoi faites-vous cela ?... Oui, je sais que
vous y prenez du plaisir, vous dépensez une
espèce d'acharnement batailleur... Mais il y a
d'autres plaisirs du même ordre... Je ne sais
pas, moi... Cueillir des fleurs, marcher au
bord de l'eau... Coiffer votre grand chapeau
blanc, nouer une écharpe bleue autour de
votre cou... Vous avez de si beaux yeux, quand
vous voulez... Et songer un peu à nous, qui
vous aimons, qui valons bien ces petits arbres
de rien, il me semble...

Il sentit venir la fin de son audace, et il
ajouta encore un : « C'est vrai, ça! » de pure
bouderie, en remuant la terre du bout du
pied.

Le soleil coulait de haut sur sa joue de bronze bien rasée. Sur un tel visage, la jeunesse ne dut jamais être éclatante. L'œil marron a de la profondeur, une marge de bistre avantageuse. La bouche profite d'une forte denture, et du sillon qui divise la lèvre supérieure. Vial jouira d'une vieillesse décente, d'un âge mûr où on dira de lui, en considérant le nez long à bosse modérée, un ferme menton, le sourcil saillant : « Qu'il a dû être beau garçon ! » Il répliquera avec un soupir : « Ah ! si vous m'aviez connu à trente ans ! Sans fatuité, je... » Et ce ne sera pas vrai...

Voilà à quoi je songeais, en m'essuyant la nuque et en rangeant mes cheveux, devant un homme qui venait de m'adresser, pour la première fois depuis que nous nous connaissons, des paroles chargées d'un sens secret. Eh oui ! A quoi donc croit-on que nous songeons, nous autres, tournées vers la jeunesse d'autrui, retranchées dans une seule sorte précaire de sécurité, en regardant les hommes — et les femmes ? Nous sommes, certes, impitoyables dans nos jugements, et pour ma part, si je m'élance vers le détachement, je prends appui sur un solide : « Tu ne peux plus me servir à rien... » pour monter jusqu'au : « Je veux donc, moi, t'être utile à quelque chose... » Me dévouerai-je encore ? Oui, si je ne puis m'en dispenser. A celui-ci, à celle-là... Le moins possible. Mais je me sens encore trop fragile pour une parfaite solitude harmonieuse, qui tinte aux moindres chocs mais garde sa forme, son calice ouvert tourné vers le monde vivant...

Je pensais quand même à Vial en regardant

Vial, et en frottant sur mes jambes la terre
légère, sableuse et salée. Rien ne me pressait
de répondre, et peut-être prolongeai-je à
plaisir le silence où je me mouvais à l'aise,
« *puisqu'il ne s'agissait que de paille...* » et que
la timidité, la ti-mi-di-té d'hier était morte.
O homme! adversaire ou ami, fronton fidèle
à renvoyer, à réfléchir tout ce que nous te
lançons, interlocuteur-né... D'un pied assuré,
j'enjambai mon dernier tumulus :

— Viens donc, mon petit Vial. On va aller
au bain, et puis, j'ai à te parler. Si tu veux
déjeuner avec moi, il y a des sardines farcies.

Il s'est trouvé que le bain, troublé par la
crainte des requins — c'est le mois où ils
s'égarent dans les eaux riveraines et les golfes;
mon voisin, dans sa barque, atterrit l'autre
jour contre le flanc d'un squale, d'ailleurs
manquant de tirant d'eau et fort mal à l'aise —
ne nous apporta ni silence, ni intimité. Les
touristes du voisinage et mes camarades d'été,
au nombre d'une dizaine, fêtaient le temps
léger et le bain tiède par contraste. Le requin
annuel, nous sommes assez sages pour le
redouter. Quand nous plongeons les yeux
ouverts parmi le trouble cristal couleur de
méduse, la moindre ombre imprévue de
nuage, voguant sur le fond de sable blanc,
nous rejette vers la surface, essoufflés et pas
très fiers. Nus, mouillés, désarmés, nous nous
sentions ce matin aussi unis qu'un groupe de
naufragés aux antipodes, et des mères rappelaient leurs enfants barboteurs, comme pour
les garer du vol des zagaies et du bras des
pieuvres.

— On assure, disait Géraldy, hors de l'eau

à mi-corps comme une sirène, que les bambins
du Pacifique jouent dans l'eau avec les requins,
et leur donnent du talon dans le museau, en
nageant entre deux eaux. Ainsi...

— Non! hurlait Vial. On vous a trompé!
Il n'y a pas de bambins dans le Pacifique!
Nous vous interdisons toute démonstration!
Revenez immédiatement sur le rivage!

Et nous riions, parce que c'est bon de rire,
et qu'on rit aisément sous un climat où se
réfugient la chaleur, le vrai long été, les brises,
le loisir d'affirmer : « Demain, nous aurons, et
après-demain encore, un jour pareil à celui
qui coule en instants bleus et or, un jour de
« temps arrêté », un jour miséricordieux, dont
les ombres dépendent d'un rideau tiré, d'une
porte close, d'un feuillage, et non d'une tristesse du ciel... »

J'ai fait attention, aujourd'hui, à la manière
dont mes amis et mes voisins de golfe me
quittent après le bain d'onze heures, qui prend
fin vers midi et demi. Aucun des hommes
présents n'a demandé à Vial : « Vous venez ? »
Aucun ne lui a proposé : « Je vous mets à votre
porte, c'est mon chemin. » Ils savaient que Vial
déjeunerait avec moi. Les jours où j'ignore si
Vial déjeune ou non avec moi, ils le savent tout
de même. Aucun d'eux, quand ils s'éloignèrent
de part et d'autre vers les pointes de la plage
en croissant de lune, n'a eu l'idée de s'arrêter,
de se retourner pour voir si Vial venait...
Mais aucun d'eux ne voudrait me causer de
la peine, ou de l'irritation, en disant à Vial :
« Ah! oui, c'est vrai, vous restez là... »

Vial, sombre, les regardait s'éloigner. Les
autres jours, il n'était assombri que par

leur présence... Un secret, bien gardé par ses détenteurs, couvé hermétiquement, se conserve sans dommage, et sans fruit. Mais Hélène Clément a parlé, et l'honorable quiétude est finie. Le secret violé éparpille sa semence de secret éventé. Vial a maintenant les façons d'un homme qu'on a réveillé en pleine nuit en lui volant ses vêtements, et poussé hors de sa maison. Et je me sens non pas offensée, ni irritée, mais désenchantée, un peu, de ma solitude... Vingt-quatre heures, quelques paroles : il ne faudra que vingt-quatre heures de plus, quelques autres paroles, et le temps reprendra son cours limpide... Il y a des rivières heureuses, dont le cours silencieux n'est troublé que d'un seul hoquet, un sanglot d'eau qui marque la place d'un caillou immergé...

— Vial, dès qu'on aura pris le café, j'ai des choses à te dire.

Car le repas appartient au soleil tamisé, à l'apaisement qu'apporte et prolonge le bain frais, aux bêtes quémandeuses. Les disques du soleil bougeaient faiblement sur la nappe, la plus jeune chatte, dressée contre une jarre, fouillait de la patte la panse d'argile rose à guirlandes...

Mais il se trouva que, dès le café servi, vint le jardinier-pépiniériste, qui but avec nous. Ensuite je guidai le jardinier, à travers la vigne, jusqu'aux clôtures d'arbustes ébranchés, amaigris, qu'il faut renforcer par des plants neufs, pour garer du mistral la vigne et les jeunes pêchers... Puis mon sommeil d'après-midi, différé, reprit ses droits. Qu'il me jette la pierre, celui qui n'a pas connu, par

un grand jour chaud de Provence, l'envie de
dormir! Elle pénètre par le front, par les yeux
qu'elle décolore, et tout le corps lui obéit,
avec les tressaillements de l'animal qui rêve.
Vial ?... Parti, dissous dans la flamboyante
torpeur, résorbé au passage par l'ombre d'un
pin ou d'un espalier...

Il était trois heures et demie... Quel souci,
quel devoir tiennent, sous ce climat, contre le
besoin de dormir, d'ouvrir, au centre ardent
de la journée, un frais abîme ?

Vial revint, comme une échéance différée.
Il revint sans revenir, se bornant à déposer
chez eux mes voisins d'en face, mes tranquilles
voisins retranchés dans leur belle vigne étalée,
qui tient en respect le lotisseur. Il revint, de
blanc vêtu, au soir tombé, et comme il feignait
de tourner sa cinq-chevaux pour repartir, je
l'appelai sévèrement :

— Eh bien, Vial ?... Un verre d'eau de
noix ?

Il avança dans l'allée sans mot dire, et pendant qu'il fendait l'air bleu du soir, je trouvai
affreusement tristes cet homme à la tête penchée, l'heure tout à coup refroidie, la petite
maison ordinaire où veillait, debout sur le
seuil, une femme au visage indistinct, et la
lampe rouge posée sur la balustrade... Affreusement, affreusement tristes... Écrivons,
redoublons ces mots; que la nuit dorée les
accueille...

Affreusement tristes, abandonnés, encore
tièdes, à peine vivantes, muets de je ne sais
quelle honte... La nuit dorée va finir; entre les
étoiles pressées se glisse une pâleur qui n'est
déjà plus le bleu parfait des minuits d'août.

Mais tout est encore velours, chaleur nocturne, plaisir retrouvé de vivre éveillée parmi le sommeil... — c'est l'heure la plus profonde de la nuit, et non loin de moi mes bêtes familières semblent, à un battement des flancs près, privées de vie.

Affreusement tristes, tristes à ne pouvoir les supporter, à nouer la gorge et tarir la salive, à inspirer le plus bas instinct de terreur et de défense, — n'y a-t-il pas eu un instant, impossible à évaluer, où j'aurais lapidé l'homme qui avançait, où, devant ses pas, j'aurais poussé ma brouette vide, jeté le râteau et la bêche ? La chienne, qui ne gronde jamais, gronda par contagion subtile, et Vial lui cria : « Mais c'est Vial ! » comme il eût crié : « Ami ! » dans un danger.

Notre entrée dans la salle basse, rose, bleue, remit tout en place. Le drame, la féerie de la peur, l'illusion sentimentale, il n'est plus en mon pouvoir de les nourrir au-delà d'un moment. Vial souriait, la lèvre remontée sur les dents, ébloui par les deux lampes allumées, car les jours diminuent, et la fenêtre ne contenait plus qu'un grand vivier de ciel vert, troué de deux ou trois étoiles, aux pulsations désordonnées.

— Ah ! ça fait du bien, ces lampes... soupira Vial.

Il leur tendait les mains, comme à un âtre.

— Les cigarettes sont dans le pot bleu... Tu as eu les journaux aujourd'hui ?

— Oui... Vous les voulez ?

— Oh ! moi, tu sais, les journaux... C'était pour avoir des nouvelles des incendies de forêts.

— Il y a eu des incendies de forêts ?

— Il y en a toujours au mois d'août.

Il s'assit en visiteur, alluma une cigarette comme au théâtre, et j'aveignis sous la table la brique plate sur laquelle j'ouvre, à l'aide d'une petite masse de plomb — souvenir de l'imprimerie du *Matin* — les amandes de pins-pignons.

Tous les travaux que je n'aime pas sont ceux qui réclament de la patience. Pour écrire un livre il faut de la patience, et aussi pour apprivoiser un homme en état de sauvagerie, et pour raccommoder du linge usé, et pour trier les raisins de Corinthe destinés au plum-cake. Je n'aurai été ni bonne cuisinière, ni bonne épouse, et je coupe les ficelles la plupart du temps au lieu de dénouer les nœuds.

Vial, assis de biais, avait l'air pris dans une trappe, et je commençai patiemment à dénouer le bout de ficelle...

— Ce bruit de pignons éclatés t'agace ? Si tu as soif, l'alcarazas est là dehors, et les citrons.

— Je sais, merci.

Il m'en voulait de ma prévenance exceptionnelle. Sournois, il constatait que j'avais chaussé des espadrilles catalanes neuves, et solennellement endossé une robe de coton immaculée, une de ces robes de négresse, blanches, jaunes, rouges, qui fleurissent la côte et suivent la loi solaire plutôt que celles de la mode. En mangeant mes pignons j'ouvris un illustré, Vial fuma sans relâche et suivit d'une manière appliquée le vol des chauves-souris devant la fenêtre, sur un champ de ciel assombri par degrés. Un bloc de mer,

pétrifié et noir sous le ciel, se distinguait encore
de la terre. L'hydravion du soir, précédé du *fa*
grave qu'il arrache au vent, parut et promena
son fanal rouge parmi des feux plus pâles.
La chatte, dehors, miaula pour entrer, et se
dressa contre le grillage abaissé, en le grattant
délicatement, comme une joueuse de harpe.
Mais Vial rit de la voir, et elle disparut après
avoir arrêté sur lui un froid regard.

— Elle ne m'aime pas, soupira Vial. Je
ferais pourtant toutes les bassesses pour la
conquérir. Si elle le savait, croyez-vous qu'elle
m'aimerait un peu mieux ?

— Elle le sait, sois-en sûr.

Il se contenta de cette réponse pendant
quelques minutes, puis sollicita un autre
apaisement, une autre réponse :

— Est-ce que les Luc-Albert, ou le Ravissant, ou je ne sais plus qui, ne devaient pas
entrer vous dire bonsoir en revenant de dîner
au Commerce, ce soir ? J'avais cru comprendre... Ou bien c'était peut-être vous qui
deviez y aller... Est-ce que les Carco... Je ne
me souviens pas bien...

Je le regardai de travers.

— Les peintres dorment, à cette heure-ci.
Depuis quand est-ce que je reçois le soir ?
Les Carco sont à Toulon.

— Ah, bon...

Secrètement fatigué, il prit le parti de
s'étendre à demi. La joue appuyée aux coussins
du divan, il s'accrochait involontairement à la
corne d'un des coussins, les yeux fermés et la
main crispée, comme suspendu à un récif...
Que faire de cette épave ? Quel embarras...
Et puis, pensez-vous, la gêne de nos âges

respectifs, de la différence d'âges ? Que vous êtes loin de ce qui arrive en pareil cas... Nous n'y songeons même pas, nous autres. Nous y songeons certainement moins que ne fait l'homme mûr, que tout cependant autorise à afficher son amour pour de tendres jeunes filles. Si vous saviez de quel cœur léger nous acceptons, nous oublions notre « devoir d'aînesse »! Nous y songeons juste pour nous armer de coquetterie, rechercher l'hygiène et la parure, la ruse aimable, — imposées d'ailleurs aux jeunes femmes pareillement. Non, non, quand j'écris « quel embarras » je ne veux pas qu'un lecteur, plus tard, s'y trompe. Il ne faut pas qu'on nous imagine, « nous autres » tremblantes et épouvantées sous la lumière d'un court avenir, mendiantes devant l'homme aimé, abîmées dans la conscience de notre état. Nous portons avec nous plus d'inconscience, Dieu merci, de bravoure et de pureté. Qu'est-ce, pour nous autres, qu'une différence de quinze ans ? Ce n'est pas avec cette bagatelle qu'on nous fait peur, lorsque nous touchons au jour de raisonner là-dessus avec une sagesse — ou une folie — digne de l'autre sexe. Je ne saurais choisir, pour l'affirmer, un meilleur temps que celui-ci où me voici toute sage, relativement veuve, douce à mes souvenirs et pleine du vœu de demeurer telle...

Quand j'écris « nous », je la mets à part, elle, de qui me vient le don de secouer les années comme un pommier ses fleurs. Ecoutez-la me conter un dîner de noces :

« *Le soir, grand dîner de quatre-vingt-six couverts, est-ce assez dire qu'il était exécrable ?*

Si j'étais morte ce jour-là, ç'aurait été de ces quatre heures et demie de mauvaise nourriture, à laquelle je n'ai guère touché. J'y ai reçu force compliments. Sur ma toilette ? Oh! que non, sur ma jeunesse. Soixante-quinze ans... Ce n'est pas vrai, dis ? Est-ce qu'il faut vraiment renoncer bientôt à être jeune ? » Mais non, mais non, n'y renonce pas encore, — je ne t'ai connue que jeune, ta mort te garde de vieillir, et même de périr, toi qui m'accompagnes... Ta dernière jeunesse, celle de tes soixante-quinze ans, dure toujours : un grand chapeau de paille, qui couchait dehors en toute saison, la coiffe. Sous cette cloche d'épeautre finement tressé s'ébattent tes yeux gris, vagabonds, variables, insatiables, à qui l'inquiétude, la vigilance imposent bizarrement la forme d'un losange. Pas plus de sourcils que la Joconde, et un nez, mon Dieu, un nez... « Nous avons un vilain nez », disais-tu en me regardant, sur le ton à peu près de : « Nous avons une ravissante propriété. » Et une voix, et une démarche... Quand des étrangers entendaient sur l'escalier tes petits pas de jeune fille, et ta folle manière d'ouvrir une porte, ils se retournaient et demeuraient interdits de te voir déguisée en vieille petite dame... « *Est-ce qu'il faut vraiment renoncer à être jeune ?* » Je n'en vois pas l'utilité, ni même la bienséance. Vois, ma chère, combien ce garçon désemparé, flottant autour d'un espoir mort-né qu'il tourne et retourne, vois combien nous le trouvons ancien, traditionnel, et lourd à mouvoir! Qu'en aurais-tu fait, qu'en fallait-il faire ?

Oui, quel embarras... Ce corps accroché à une corne de coussin, sa modestie dans l'état

chagrin, sa dissimulation minutieuse, — tout
cela qui gisait sur mon divan, quel embarras !...
Encore un vampire, je n'en pouvais douter. Je
nomme ainsi ceux qui s'attaquent à ma pitié.
Ils ne demandent rien. « Laissez-moi seulement là, dans l'ombre !... »

Le temps qui s'écoula dans le silence fut
long. Je lisais, puis je cessais de lire. Un autre
jour, j'aurais pu supposer que Vial dormait.
Car il arrive à mes amis de dormir sur mon
divan, au bout d'une journée de pêche, de
voiture, de bains, de travail même, qui leur
ôte la parole et les enchante de sommeil sur
place. Celui-ci ne dormait pas. Celui-ci était
malheureux. Souffrance, premier déguisement,
première offensive du vampire... Vial, loin du
bonheur, feignait le repos, et je sentis remuer
au fond de moi celle qui maintenant m'habite,
plus légère à mon cœur que je ne fus jadis à
son flanc... Je sais bien que c'est elle, ces
mouvements de pitié que je n'aime pas. Mais
elle ne les aimait pas non plus : « *La nièce du
père Champion va mieux. Ton frère aura de la
peine à la tirer de là. Je lui ai envoyé du bois,
et ne pouvant rien de plus en ce moment, j'ai
quêté encore une fois pour elle. Mais c'est une
chose que je ne sais pas faire aimablement, car le
rouge me monte au front dès que je vois ceux qui
ne donnent rien et vivent dans leur fromage, et
je suis portée plus à les engueuler qu'à leur faire
des grâces...*

« *Pour ta chatte, je reviens chaque après-midi
à la Petite Maison pour lui donner un peu de
lait chaud et lui faire une flambée de bois. Quand
je n'ai rien, je lui cuis un œuf. Ce n'est pas que
cela m'amuse, grand Dieu, mais je ne suis jamais*

en repos quand je crois qu'un enfant ou un animal
ont faim. Alors je fais en sorte de me mettre en
repos : tu connais mon égoïsme. »

Voilà le mot! Trouvait-elle pas ses mots
mieux que personne ? Egoïsme. Cet égoïsme
la menait, elle, de porte en porte, criant qu'elle
ne pouvait pas supporter le froid qui pétrifiait,
l'hiver, dans une chambre sans feu, des enfants
indigents. Elle ne pouvait pas supporter qu'un
chien ébouillanté par son maître le charcutier
ne trouvât d'autre secours que de hurler et se
tordre, au pied d'une maison fermée et insensible...

Ma très chère, vois-tu, du haut de cette
nuit propice à la veille, plus chaude et rehaus-
sée d'or qu'une tente de velours, vois-tu mon
souci ? Qu'aurais-tu fait à ma place ? Tu sais
où déjà elles m'ont menée, les attaques d'un
égoïsme que je tiens de toi ? Elles t'ont
conduite à la ruine matérielle, où tu t'es
échouée ayant tout donné. Mais ne plus posséder d'argent, ce n'est qu'une des étapes du
dénûment. Ferme dans ta pauvreté définitive,
tu devenais nette et reluisante à mesure que tu
étais mieux rongée. Mais il n'est pas sûr que
tu n'eusses pas, à la vue de ce corps mi-couché,
fait un petit détour, en soulevant le bord de
ta jupe, comme quand tu passais une flaque...
En ton honneur, je voulus enfin montrer ma
force à celui qui, raidi d'appréhension, feignait
de dormir.

— Tu dors, Vial ?

Il veillait, et ne tressaillit pas.

— Un peu abruti, dit-il en se redressant.

Il lissa ses cheveux en arrière, rajusta sa
chemise ouverte et son veston de flanelle,

renoua une de ses espadrilles. Je lui trouvai le nez long, et cette figure comme comprimée entre deux battants de porte qu'on voit aux gens qui croient dissimuler leurs contrariétés. Je ne le pressai pas, sachant bien qu'il est malséant d'entraîner à la psychologie un homme qui n'est pas sûr de ses boutons de chemise ou de ses lacets de chaussure.

— Vial, je t'ai dit ce matin que j'avais à te parler.

Il inclina la tête avec une majesté un peu nègre.

— Voilà. Mon petit Vial, quel beau temps ! Ecoute l'hydravion en ton de *fa*, le doux vent haut placé entre l'est et le nord, respire le pin et la menthe du petit marais salé, dont l'odeur gratte au grillage comme la chatte !

Vial dévoila ses yeux qu'il tenait baissés, ouvrit en grand son visage surpris, où toute sa bonne foi d'homme apparut, et je me sentis solide en face d'un être plein de candeur, neuf aux artifices de la parole.

— Vial, as-tu vu les raisins de la vigne ? As-tu vu que les grappes sont déjà massives et teintes en bleu, si serrées qu'une guêpe n'y entrerait pas ? Songes-tu qu'on va devoir vendanger avant le quinze septembre ? Veux-tu parier que la saison va s'écouler sans que les orages aient dépassé les Maures, où la montagne les rassemble comme des ballons au bout d'un fil ? Il pleut à Paris, Vial. Il pleut aussi à Biarritz et à Deauville. La Bretagne moisit et le Dauphiné se couvre de champignons. La Provence seule...

Pendant que je parlais, il rapetissait ses yeux et refermait tout son visage... C'est une occupation sans fin qu'un être vivant. Celui-ci ne me livrait plus qu'un entrebâillement circonspect de lui-même. C'est un homme, il craint l'ironie. Au mépris de toute mélancolie il n'était plus que perplexe, et gourmé.

— Tu comprends, Vial ? C'est un très beau temps de l'année que je passe ici. C'est, je te l'assure, un très beau temps aussi de ma vie. Tu aimes ces mois que tu passes ici ?

Par des mouvements imperceptibles, les traits de Vial reconstituèrent une face d'homme courageux, à qui l'on rend la faculté d'user de son courage.

— Non, répondit-il, je ne les aime pas. Je ne les échangerais pas contre quoi que ce soit au monde, mais je ne les aime pas. Pendant ce temps-là non seulement je ne travaille guère, mais encore je ne suis pas heureux.

— Je croyais que tu créais un « ensemble » pour...

— Pour les Quatre-Quartiers, c'est exact. Mes maquettes sont prêtes. C'est un gros travail. Living-room, chambres, salle à manger, toute la maison... J'emploie mes quatre sous, et même un peu plus, à réaliser en bois et en métal mes modèles. Mais si je réussis, c'est pour moi la direction des ateliers d'ameublement moderne aux Quatre-Quartiers...

— Tu ne m'en as jamais appris aussi long là-dessus.

— C'est exact également. Vous ne vous intéressez que peu aux ameublements modernes.

— Je m'intéresse du moins à ce qui concerne mes amis.

Vial se cala sur le divan avec le mouvement du cavalier qui s'affermit en selle.

— Madame, je n'ai pas une minute l'illusion d'être votre ami. Des amis comme moi, à qui vous jetez le tutoiement, la poignée de main et votre bonne humeur d'été, vous n'en savez pas le nombre.

— Tu es modeste.

— Je suis clairvoyant. Ce n'est pas très difficile.

Il parlait d'une voix respectueuse, égale, et montrait un visage dévoilé, de grands beaux yeux, ma foi, qui se posaient librement sur les miens ou sur n'importe quel point de ma personne.

— C'est vrai, Vial, que je suis plus familière que liante. Mais en matière d'amitié, est-ce que le temps presse si fort ? Nous serions devenus des amis... plus tard. Je te connais mal...

Il agita une main vivement en l'air, pour effacer mes paroles :

— Je vous en prie, madame ! Je vous en prie !

— Tu m'appelais Colette, hier ?

— Devant les gens, oui, pour être confondu dans la foule anonyme. Si vous m'accordiez un peu d'attention, vous sauriez que, de ma vie, je ne vous ai appelée par votre nom quand nous étions seuls. Et nous nous sommes trouvés seuls très souvent, depuis le premier juillet.

— Je le sais.

— Au ton de ces trois mots-là, madame, je vois que nous arrivons à ce qui nous touche.

— A ce qui te touche.

— Ce qui vous est incommode, madame, me touche en effet plus que tout.

Là, nous nous reposâmes un moment, car

la rapidité de nos répliques, que nous n'avions pas prévue, nous eût menés à l'accent d'une querelle.

— Doucement, Vial, doucement! Froid des épaules, et puis tout d'un coup...

Il sourit par imitation.

— C'est la certitude de la condamnation qui décide quelquefois les accusés à se « mettre à table ». Alors ils racontent aussi bien leur crime que leur premier amour, ou le baptême de leur petite sœur... N'importe quoi.

Il fit craquer ses doigts serrés entre ses genoux et me questionna d'une manière pressante :

— Madame, qu'est-ce que vous voulez de moi ? Ou plutôt qu'est-ce que vous ne voulez pas ? Je suis sûr déjà que ce que vous me demanderez me sera le plus pénible, et que je ferai ce que vous voudrez.

Comme la noblesse de l'homme, même limitée à son expression verbale, nous frappe d'appréhension, nous retarde dans notre chemin! Le goût féminin d'habiller en héros un homme, quand il parle d'immoler son confort sentimental, il est encore bien vivace en moi...

— Bon. Alors ça va aller tout seul. Hélène Clément...

— Non, madame, pas Hélène Clément.

— Comment, pas Hélène Clément ?

— Comme je le dis, madame. Aucune Hélène Clément. Assez d'Hélène Clément. Autre chose.

— Mais comprends-moi, voyons! Attends! Tu ne sais seulement pas... Elle est venue, hier, et je n'ai pas eu de peine à acquérir la certitude...

— Bravo, madame! Voilà qui fait honneur
à votre perspicacité. Vous avez acquis la certitude? J'en suis ravi. N'en parlons plus.

Un petit feu pointu brillait dans les yeux de
Vial, et il me dévisageait avec impertinence.
Quand il vit que j'allais me fâcher, il posa ses
mains sur les miennes.

— Non, madame, n'en parlons plus. Vous
voulez me faire savoir qu'Hélène Clément
m'aime, que mon indifférence la désole, que
je dois prendre en pitié et même en amour
cette « belle jeune fille saine », — c'est de
Géraldy — et l'épouser? Bon. Je le sais. C'est
fini. N'en parlons plus.

Je retirai mes mains.

— Oh! si tu le prends comme ça, Vial...

— Oui, madame, je le prends comme ça,
et, bien plus fort, je vous reproche d'avoir
amené le nom de cette jeune fille dans notre
conversation. Vous aviez une raison de le
faire? Laquelle? Dites-la? Mais dites-la?
Vous vous intéressez à cette jeune fille? Vous
la connaissez bien? Vous êtes chargée d'assurer l'avenir et même le bonheur d'une frêle
créature qui atteint à peine ses vingt-six ans?
Vous avez de l'affection pour elle? Vous êtes
son amie?... Répondez, madame, répondez
plus vite! Pourquoi ne répondez-vous pas
plus vite? Parce que je ne vous en laisse pas
le temps? Pour répondre « oui » de bon cœur
à toutes mes questions, il ne faut pas longtemps, madame, et vous êtes prompte, d'habitude... Vous n'aimez pas Hélène Clément,
et passez-moi l'expression, vous vous fichez
pas mal de son bonheur, qui d'ailleurs ne vous
regarde en aucune manière. Ne vous fâchez

pas, c'est liquidé c'est fini. Ouf! Je boirais bien
un peu de citronnade et je vais vous en pré-
parer un verre. Ne bougez pas.

Il nous versa de quoi boire, et ajouta :

— A part ça, je ferai ce que vous voudrez,
je vous le répète. Je vous écoute...

— Pardon! C'est toi qui as parlé de te
« mettre à table ».

— Je serais sans excuse, madame, de
retarder la suite du joli couplet sur la belle
saison.

Ah! si du moins j'avais ressenti, au cœur, le
battement, aux mains le froid annonciateur,
dans tout le corps une célébration de l'angoisse! Ce fut alors, et non plus tard, si je me
connais bien, que je regrettai entre nous l'absence du suprême intrus, le désir. Présent, c'est
en lui, il me semble, que j'aurais puisé, sans
effort, le sens de notre rendez-vous de ce soir,
l'épice, le danger qui lui faisait défaut. Il me
parut aussi trop visible que Vial voulût mar-
quer le contraste entre le jeune compagnon
d'hier, le « mon petit Vial » enrégimenté dans
une équipe de camarades d'été, et l'amant parfaitement autonome...

— Vial, nous n'avons pas besoin de beaucoup de paroles pour nous entendre, je l'ai
déjà remarqué.

C'était là une politesse ambiguë, qui porta
plus loin que je ne le voulais.

— C'est vrai ? dit Vial, c'est vrai ? Vous le
pensez ? A combien d'hommes dans votre vie
avez-vous dit une chose pareille ? Peut-être
ne l'avez-vous dit qu'à moi ? D'ailleurs, je
n'en trouve trace dans aucun de vos livres...
aucun, non... Ce que vous venez de dire là se

sépare du mépris de l'amour qu'on devine
toujours un peu, en vous lisant, dans votre
amour de l'amour... Ce n'est pas une parole
que vous auriez dite à un des hommes que...

— Nous n'avons que faire de mes livres ici,
Vial.

Je ne pus lui dissimuler le découragement
jaloux, l'injuste hostilité qui s'emparent de moi
quand je comprends qu'on me cherche toute
vive entre les pages de mes romans.

— Laisse-moi le droit de m'y cacher, fût-ce
à la manière de la « Lettre volée... ». Et revenons à ce qui nous occupe.

— Rien ne nous occupe ensemble, madame,
et j'en suis bien triste. Vous vous êtes mis en
tête de planter entre vous et moi une troisième personne. Renvoyez-la, et nous serons
seuls.

— Mais c'est que je lui ai promis...

Vial leva ses mains noires au bout de ses
manches blanches.

— Ah! voilà! Vous lui avez promis! Et
promis quoi ? Franchement, madame, qu'est-
ce que vous venez faire là-dedans ?

— Pas si haut, Vial, Divine dort dans la
cabane de la vigne... La petite Clément m'a dit
que l'an dernier, ici même, vous aviez échangé
des paroles qui pouvaient lui faire croire...

— C'est bien possible, dit Vial. Cette année,
c'est changé, voilà tout.

— Ce n'est pas chic.

Vial se tourna vers moi avec roideur :

— Pourquoi donc ? Ce qui ne serait pas
chic, c'est qu'ayant changé, moi, je ne l'en aie
pas avertie. Je n'ai ni enlevé une enfant
mineure ni couché avec une fille honnête.

C'est tout ce que vous avez à me reprocher ?
C'est en l'honneur de cette bluette que vous
avez préparé votre couplet de la belle saison ?
C'est en vue du bonheur d'Hélène Clément,
que vous avez décidé — car vous l'avez décidé
— de me bannir ? Pourquoi choisissez-vous,
pour l'éloigner, celui qui tient le plus à vous
et vous entend le mieux ? C'est là la promesse
que vous avez faite à Hélène Clément ? Elle l'a
obtenue de vous, au nom de quoi ? De la
« morale » ? Ou de notre différence d'âges ?
Elle en est bien capable ! s'écria-t-il d'un ton
de gaîté discordant.

Je lui donnai, avec un hochement de déné-
gation, mon regard le plus affectueux. Pauvre
Vial, quel aveu... Il y songeait donc, lui, à
notre différence d'âges ? Quel aveu de tourments, de muets débats...

— Faut-il te l'avouer, Vial ? Je ne songe
jamais à la différence d'âges.

— Jamais ? comment, jamais ?

— Je veux dire... je n'y pense pas. Pas
plus qu'à l'opinion des imbéciles. Et ce n'est
pas cette promesse-là que j'ai faite à Hélène.
Vial, — je posai ma main à plat, comme il
m'arrive souvent avec lui, sur son poitrail
bombé — c'est donc vrai que tu t'es attaché à
moi ?

Il abaissa les paupières et serra la bouche.

— Tu t'es attaché à moi, malgré, comme
tu dis, la différence des âges... S'il n'y avait
pas d'autre barrière entre nous, je t'assure que
celle-là ne pèserait pas lourd à mes yeux.

Il fit, du menton vers ma main ouverte sur
sa poitrine, un très léger mouvement sauvage,
et répliqua promptement :

— Je ne vous demande rien. Je ne vous demanderai même pas ce que vous pouvez nommer une autre barrière. Je suis même étonné de vous entendre parler de... de ces choses qui vous concernent, aussi... aussi naturellement.

— Il faut bien en parler, Vial. Ce que j'ai affirmé à Hélène Clément, c'est seulement, — d'une manière assez mal déterminée, d'ailleurs — c'est que je n'étais pas un obstacle entre toi et elle, et que je n'en serais jamais un.

Vial changea de visage, rejeta d'un revers de bras ma main appuyée à sa poitrine.

— Ça, c'est le comble, cria-t-il en étouffant sa voix. Quelle inconscience... Vous mêler... Vous mettre sur le même plan qu'elle! Vous poser en rivale généreuse! Rivale de qui? Pourquoi pas d'une midinette? C'est incroyable! Vous, madame, vous! Vous poser, vous conduire comme une femme ordinaire, vous que je voudrais voir, je ne sais pas, moi...

Il m'assignait dans l'air, de sa main levée, un niveau très haut, celui d'une manière de socle, et je l'interrompis avec une ironie qui me fit de la peine.

— Oh! madame...

— Vial, laisse-moi encore un peu parmi les vivants. Je ne m'y trouve pas mal.

Vial me contemplait, tout suffoqué de reproche et de chagrin. Il appuya vivement sa joue sur le haut de mon bras nu, et fermant les yeux :

— Parmi les vivants ?... répéta-t-il. Mais la cendre, même la cendre de ces bras-là, elle serait encore plus chaude qu'une chair vivante, et elle garderait leur forme de collier...

Je n'eus pas à rompre un contact, qu'il interrompit aussitôt pour que je fusse contente de lui. Je l'étais, et je lui fis « oui, oui » de la tête, en le regardant. La fatigue, une buée bleu-noir qui lui poussait aux joues à cause de la nuit avancée... Trente-cinq, trente-six ans, ni laid, ni malsain, ni méchant... Je m'enlisais dans cette nuit sans souffle, qui traversait le moment du sommeil unanime, et il émanait de ce garçon ému, peu vêtu, une odeur de minuit amoureux qui me poussait doucement vers la tristesse.

— Vial, comment donc vis-tu, en dehors de moi ? Tu me comprends ?

— De peu de chose, madame... De peu de chose... et de vous.

— Ça ne te fait pas un lot bien riche.

— C'est à moi de l'estimer.

Je m'irritai :

— Mais, brute obstinée, où t'en vas-tu, où t'en allais-tu sans rien dire, avec cette habitude de moi que tu as prise ?

— Je n'en sais rien, ma foi, dit-il négligemment. La vérité est que j'y pensais le moins possible. Quelquefois, quand vous n'aviez pas le temps de me recevoir, à Paris, je me disais...

Il sourit pour lui-même, déjà tout au désir de se peindre, de paraître au jour :

— Je me disais : « Oh ! tant mieux, l'envie de la voir me passera plus vite en ne la voyant pas. Je n'ai qu'à patienter, et quand j'y retournerai, elle aura tout d'un coup soixante, soixante-dix ans, alors la vie redeviendra possible et même agréable... »

— Oui... Et puis ?

— Et puis ? Et puis quand je retournais
vous voir, c'était juste un jour où tous vos
démons étaient réveillés, et vous aviez mis de
la poudre, allongé vos yeux, passé une robe
neuve, et il n'était question que de voyages,
de théâtre, et de jouer *Chéri* en tournée, et
de planter de la vigne et des pêchers, et
d'acheter une petite auto... Et c'était tout à
recommencer... C'est la même chose ici, d'ailleurs, acheva-t-il en ralentissant.

Pendant le silence qui suivit, rien ne trou-
bla, dehors, l'immobilité de toutes choses.
Dans le rayon de la lampe la chatte, couchée
sur la terrasse au creux de la chaise longue, se
roula en turban pour prédire l'approche de
la rosée, et le craquement de l'osier retentit
comme sous une voûte.

Vial m'interrogeait des yeux comme si c'eût
été mon tour d'intervenir. Mais qu'aurais-je
ajouté à son profond contentement mélancolique ? Il me savait sans doute émue. Je l'étais.
Je ne fis qu'un signe, qu'il interpréta dans le
sens de : « Continue... » et une expression
presque féminine, pleine de séduction, passa
sur ses traits, comme si toute la brune face
d'homme allait éclater sur un éblouissant
visage ; mais cela ne dura point. C'était seulement l'éclat d'un semblant de triomphe, d'une
parcelle de bonheur... Allons, un peu de hâte,
un peu de rigueur, détrompons cet honnête
homme... Plus rapide que moi, il s'engageait
davantage :

— Madame, reprit-il en se retenant de
s'échauffer, je n'ai plus grand-chose à vous
dire. Je n'ai jamais eu grand-chose à vous
dire. Personne n'est plus dépourvu de desseins,

d'arrière-pensées, — je pourrais presque ajouter : de désirs — que moi.

— Si, il y a moi.

— Pardonnez-moi, je ne peux pas vous croire. Vous m'avez appelé ce soir...

— Hier soir.

Il passa la main sur sa joue, devint confus de la sentir râpeuse :

— Oh... qu'il est tard... Vous m'avez appelé hier soir, et hier matin vous m'aviez... convoqué. N'était-ce que pour me parler de la petite Clément ? Et de votre obligation de vous défaire de moi ?

— Oui...

J'hésitais, et il se rebella :

— Qu'est-ce qu'il y a encore, madame ? Je vous en prie, ne vous mettez pas en tête que j'ai besoin d'être ménagé, ou soigné. J'aime autant vous avouer que je ne suis même pas malheureux. Vraiment pas. Je me faisais jusqu'ici l'effet de quelqu'un qui porte sur lui quelque chose de très fragile. Tous les jours, je respirais : « Encore rien de cassé aujourd'hui ! » Il n'y aurait jamais eu rien de cassé, madame, si une main étrangère assez lourde, peut-être pas très bien intentionnée...

— Allons, laisse-la, cette petite...

Aussitôt que je les entendis, j'eus honte de mes paroles. J'en ai honte encore en les écrivant. Des paroles, un ton de rivale douce-reuse, de perfide belle-mère... C'était l'hommage invétéré, le bas acquiescement qui sort de nous quand l'homme le sollicite, l'homme, luxe, gibier de choix, le mâle rarissime... Imprudent, Vial brilla de joie comme un tesson au clair de lune.

— Mais je la laisse, madame, je n'ai jamais voulu que la laisser! Je ne demande rien à personne, moi! Je suis si gentil, si commode... Tenez, madame, vous me proposeriez, vous-même, de changer, de... d'améliorer mon sort, que je serais capable de m'écrier : « Foin! » et même : « *Vade retro!* »

Et il éclata de rire — tout seul. Il venait de dépasser ses moyens. Ce n'est presque jamais impunément qu'un homme fait s'essaye à la gaminerie. Pour réussir, en outre, dans la canaillerie aimable, il lui faut une grandeur atavique dans le mal, le don de l'improvisation, au moins la légèreté dévolue à quelques Satans moyens, — toutes vertus auxquelles l'extrême jeunesse n'est pas embarrassée de suppléer...

Peut-être l'honnête Vial, en « faisant la fille » comme une petite bourgeoise qui se jette à la rue par désespoir, tentait-il, pour me plaire, de se plier à un gabarit d'homme que lui fournissaient trois cents pages signées de mon nom, où je chante des immunités masculines un peu infamantes ? J'aurais pu en sourire. Mais, en même temps que la nuit, je me dépouillais de langueur, bientôt d'ombres. Par la porte venait un froid qu'engendrait l'inimitié entre un jeune souffle et l'air d'hier, échauffé par nos deux corps. La dalle du seuil luisit comme sous la pluie, et le fantôme haillonneux du grand eucalyptus reprit par degrés sa place sur le ciel.

Vial, dans l'erreur, attendait tout de sa passivité. Ce n'est pas une tactique étrangère à l'homme, — au contraire. Vial appartient à une catégorie d'amants que je n'aurai fait, au cours de ma vie amoureuse, qu'entrevoir dans un lointain dont je demeure responsable. Il doit être un peu gris le long des journées, mais tout phosphorescent l'ombre venue, et apte à l'amour, accort pendant l'amour comme sont les paysans jeunes, les ouvriers en fleur, — je le voyais, ma foi, comme si j'y étais...

Vial me couvrit vivement d'une écharpe de laine, pourtant je n'avais pas frissonné.

— Cela vous suffit ? Vous aurez assez chaud ? Voici bientôt le jour, madame. Il m'est témoin que je n'ai jamais espéré le voir se lever, seul avec vous dans votre maison. Laissez-moi tout de même en être orgueilleux, sinon heureux. Je pèche souvent par orgueil, comme il arrive aux gens de petite origine qui se dégoûtent du milieu où ils sont nés. Dégoûté... voilà, je suis né dégoûté. Mes camarades de la guerre blaguaient mon dégoût des femmes quelconques, de l'aventure banale. Un prince n'est pas plus dégoûté que moi... C'est comique, n'est-ce pas ?

— Non, dis-je distraitement.

— Si vous saviez, continua-t-il plus bas, il n'y a qu'ici que j'ai vécu des jours aussi longs... De tous les secours que vous m'aurez portés, il n'y en a aucun qui vaille cette couleur que votre égalité donne aux jours, le goût qu'ils prennent à glisser sur vous. En dépit d'une espèce de garçonnisme, de bon-garçonnisme qui est, chez vous, entièrement affecté...

Je ne l'interrompis pas. Une lumière bleue, sourde, collait à son front et aux méplats de ses joues; les lampes orangées rougirent sous la progression insinuante du bleu. Un oiseau, dans l'enclos, se libéra de la nuit par un cri si long, si étranger à la mélodie, qu'il me donna l'illusion de m'arracher au sommeil. Sombre dans son vêtement blanc, ramassé au creux du divan, Vial appartenait encore mollement à la nuit, et je mis à profit, pour le mieux voir, la sournoise résurrection d'un ancien « double » qui s'éveillait en moi avec le jour, un double âpre à l'échange physique, expert à traduire en promesses la forme d'un corps. Ce corps-ci, la nudité quotidienne du bain m'avait rendu familiers ses contours, l'épaule à l'égyptienne, le cou cylindrique et fort, et surtout ce lustre, ces caractères épars et mystérieux qui confèrent à certains hommes un grade dans la hiérarchie voluptueuse, dans l'aristocratie animale... Ainsi, — sentant que le temps m'était mesuré — je me hâtais d'aspirer par toutes mes brèches la chaleur qui me venait d'un spectacle interdit, « puisqu'il ne s'agissait que de paille... ».

— ... quand on se tire de la guerre d'une manière aussi avantageuse, je peux dire aussi banale, avec ces deux cicatrices au bras, on ne demande, après, qu'à vivre beaucoup, à travailler beaucoup. Mais mon père...

Que lui manque-t-il donc ? Quel désordre ? Quel drame de gestation, de croissance ? Il n'a rien de commun avec des êtres que j'ai connus, dont j'ai tenu entre mes mains, sous mon regard, la suffocation contagieuse...

— ... Tout désirer, tout deviner, prétendre à tout au fond de soi-même, c'est un grand malheur pour un garçon qui est obligé de vivre médiocrement, et qui ne savait pas qu'un jour il lui serait donné de se faire entendre de vous...

Oui. Mais il n'y a aucune chance que son aspect, son effort pour me joindre, sa souffrance même me suggèrent le supplice du germe sous la terre, le tourment de la plante que sa hâte, son devoir de fleurir vont jusqu'à déchirer... Je les ai connus, puis perdus, les êtres qui juraient — ainsi ils attestaient ma force — de périr si je ne les délivrais d'eux-mêmes, de n'éclore jamais si je leur refusais leur seul climat : ma présence... Mais celui-ci a déjà fleuri et défleuri plus d'une fois...

— ... et je n'ai pas de honte à me montrer à vous plus étonné, plus pauvre en souvenirs que si la vie venait de commencer pour moi...

Oui... Mais tu ne viens pas de la commencer. C'est seulement une comparaison. Tu ne peux pas m'y tromper, même en usant de ton innocence. Nous autres, nous n'avons affaire généralement, à la fin de nos derniers et valeureux combats, qu'au pire ou au meilleur; il n'y a pas grand mérite à démêler que tu n'es ni l'un, ni l'autre... Je m'appuie sur un avenir dont on pourrait compter les heures. Un tel avenir, si je rentrais dans la lice, serait tout entier voué à de brûlantes vérités, à des amertumes que rien n'égale, — ou bien à des duels où de part et d'autre on veut se surpasser en orgueil. Vial, tu es promis à un destin plus facile que de me surpasser en orgueil...

— Cher Valère Vial !

Je m'aidai d'un cri pour m'élancer hors du lieu préservé, du haut duquel je pouvais choisir de porter coups, ou secours...

— Madame! Je suis là, madame. C'est même mon plus grand crime.

Il se leva, roidi de sa longue veille, et d'un

étirement il brisa tous ses angles. Sa belle
livrée d'été, polie et brune, parut souillée, aux
joues, de barbe dure qui perçait la peau. Le
blanc brillant de ses yeux était moins net
qu'hier. Sans soins et sans repos nocturne,
que disait mon visage ?... J'y pense aujour-
d'hui, je n'y pensais pas hier. Je ne pensais
qu'à sceller, d'une meurtrissure ou d'une
accolade, la nuit achevée enfin. Un couple,
occupé de lui-même, ne connaît pas de brefs
colloques. Qu'ils sont longs, ces entretiens
où s'agitent les bâtards mal venus de l'amour...

Des pêches, oubliées dans une coupe, se
rappelèrent à moi par leur parfum suri; l'une
d'elles, où je mordis, rouvrit à ma faim et à
ma soif le monde matériel, sphérique, bondé
de saveurs : dans peu d'instants le lait bouil-
lant, le café noir, le beurre reposé au fond du
puits rempliraient leur office de panacée...

— Cher Valère Vial, tu m'as détournée de
ce que j'avais commencé à te dire, il y a...
— je lui montrai par jeu une des dernières
étoiles, d'un jaune pâle et qui avait suspendu
sa danse de scintillations — il y a un moment.

— Vous n'avez qu'à continuer, madame.
Ou à recommencer. Je suis toujours là.

Amitié sincère, feinte d'amitié ?... Au plaisir que je reçus de sa voix amicale, je comptai
ce que cette nuit de veille avait usé de mes
forces.

— Vial, je voudrais te parler comme à un
être humain affectueux, — s'il est des êtres
humains affectueux...

Ma restriction venait à point : Vial buta sur
le mot honni de tous les amants, et son regard
me reprit sa confiance.

— Je t'ai dit que je vivais ici une belle saison de l'année, mais surtout une belle saison
de ma vie... C'est une vérité qui ne date pas
de très loin... Mes amis le savent...

Il demeurait muet, et comme tari.

— ... De sorte que je ne me sens pas toujours très assurée dans mon état récent. Quelquefois je suis forcée de me demander —
quand je déploie une grande activité soudaine
qui se traduit par des nettoyages, des jardi-
nages insensés ou un déménagement — si
c'est de l'allégresse nouvelle ou un reste de
vieille fièvre. Tu comprends ?

Il répondit « oui » de la tête, mais il me montrait une figure d'étranger, et je ne m'avisai
pas, alors, qu'il pouvait souffrir.

— Faire peau neuve, reconstruire, renaître,
ça n'a jamais été au-dessus de mes forces.
Mais aujourd'hui il ne s'agit plus de faire
peau neuve, il s'agit de commencer quelque
chose que je n'ai jamais fait. Comprends donc,
Vial, c'est la première fois, depuis que j'ai
passé ma seizième année, qu'il va falloir vivre
— ou même mourir — sans que ma vie ou
ma mort dépendent d'un amour. C'est si
extraordinaire... Tu ne peux pas le savoir...
Tu as le temps.

Vial, empreint de sécheresse, obstiné des
pieds à la tête, se refusait sans paroles à toute
compréhension, à tout allégement. Je me sentais très fatiguée, prête à reculer devant l'in-
vasion vermeille qui se levait de la mer, mais
je voulais aussi terminer cette nuit — le mot
s'offrit à moi, ne me quitta plus — honorable-
ment.

— Tu comprends, il faut désormais que

ma tristesse si je suis triste, ma gaîté si je suis
gaie, se passent d'un motif qui leur a suffi
pendant trente années : l'amour. J'y arrive.
C'est prodigieux. C'est tellement prodigieux...
Quelquefois des accouchées, après leur premier sommeil de délivrance, s'éveillent en
recommençant le réflexe du cri... J'ai encore,
figure-toi, le réflexe de l'amour, j'oublie que
j'ai rejeté mon fruit. Je ne m'en défends pas,
Vial. Tantôt je m'écrie en dedans : « Ah! mon
Dieu, pourvu qu'Il soit encore là! » et tantôt :
« Ah! mon Dieu, pourvu qu'Il ne soit plus
là! »

— Qui ? demanda Vial avec naïveté.

Je me mis à rire, et je flattai son beau poitrail accessible, dans la chemise ouverte, au
vent du matin et à ma main, — ma main qui
est plus vieille que moi, mais je devais bien,
à cette heure-là, paraître son âge...

— Personne, Vial, personne... Plus personne. Mais je ne suis pas morte, il s'en faut,
ni insensible. On peut me faire de la peine...
Tu pourrais me faire de la peine. Tu n'es pas
homme à t'en contenter ?

Une longue main aux doigts minces, rapide
comme une patte, saisit la mienne.

— Je m'en arrangerais encore, dit Vial
sourdement.

Ce ne fut qu'une intimidation passagère.
Je sus gré à Vial d'un pareil aveu, j'en goûtai
la forme un peu outrageante, l'indiscutable
et directe origine. Je retirai ma main sans
violence, je haussai les épaules, et je voulus,
comme à un enfant, lui faire honte :

— Oh! Vial... Quelle fin nous verrais-tu
donc, si je t'écoutais ?

— Quelle fin ? répéta-t-il. Ah! oui... Mais la vôtre, — ou la mienne. J'avoue, ajouta-t-il avec complaisance, oui, j'avoue qu'à certains moments, votre mort ne m'aurait pas déplu.

Je ne trouvai rien à redire à un vœu aussi traditionnel. Un léger trébuchement des prunelles, un rire vague me montraient que Vial ne renonçait pas tout à fait à l'espoir de se conduire en énergumène, et je me mis à craindre, petitement, qu'on ne surprît sur mon seuil ce garçon défait. Il fallait se hâter, le jour allait nous assaillir, les premières hirondelles sifflantes cernaient le toit. Une longue jonque de nuages, teinte d'un violet épais et sanguin, amarrée au ras de l'horizon, retardait seule le premier feu de l'aurore. À grand roulement de tonnerre creux et chantant, une charrette, sur le chemin de côte, annonça qu'elle menait des barriques vides. Vial releva, autour de sa barbe d'hier et de son brun visage que la veille et l'inanition verdissaient, le col de son veston blanc. Il s'appuyait d'un pied sur l'autre, comme s'il foulait de la neige, et il regarda assez longuement la mer, ma maison et deux sièges vides sur la terrasse.

— Alors... au revoir, madame.

— Au revoir, cher Vial. Tu... On ne te verra pas à l'heure du déjeuner ?

Il crut à un excès de précaution hostile, et fut blessé.

— Non. Ni demain. Je dois aller à Moustiers-Sainte-Marie, et de là dans des petits endroits, sur deux cents kilomètres de côte environ. Acheter des courtepointes provençales pour mon magasin de Paris... Des plats de Varages qu'on m'a signalés...

— Oui... Mais ce ne sont pas des « adieux éternels »! On se reverra, Vial ?

— Dès que je le pourrai, madame.

Il parut content d'avoir si bien répondu en si peu de mots, et je le laissai s'en aller. Sa petite voiture démarra discrètement dans la profonde poussière blanche du chemin desséché. La chatte alors parut comme une fée, et j'allai dans la cuisine allumer le feu sans attendre Divine, car je tremblais de froid et je n'éprouvais que l'extrême besoin de me tremper dans une eau très chaude, dans un bain acidulé, aromatique, un bain comme ceux où l'on se réfugie, à Paris, par les noirs matins de l'hiver.

Nous aimons, colons éparpillés sur la côte, les dîners impromptus, parce qu'ils nous réunissent pour une heure ou deux et parce qu'ils ne violent pas la paix de nos demeures, le secret de notre vie d'été qui ne comporte point de réunions d'après-midi ni de goûters à cinq heures. Le protocole de la saison veut qu'un caprice unanime, plutôt qu'une amicale préméditation, règle nos rapports. Une invitation à huitaine nous trouvera hésitants, évasifs : « Ah ! je ne sais pas si je suis libre... Justement le gars Gignoux doit nous mener à La Seyne... » Ou bien nous travaillons, ou nous projetions d'aller « justement » en forêt manger du gibier braconné...

Le hasard, d'habitude, confie notre vœu de sociabilité brève à une voix, on ne sait d'avance laquelle. C'est celle du Grand Dédé, c'est le petit fifre nasillé de Dorny, le bâillement boulimique de Daragnès qui soupire : « Il fait creux... » Il faut aussi que la demie de sept heures ait sonné au clocher bulbeux, qu'une dernière flambée du couchant, dansant au ventre des siphons, rejaillisse dans l'œil vert et sorcier de Segonzac, et que des façades roses du quai, plus chaudes que l'air rafraîchi, sorte une vague odeur de pain. La voix nonchalante s'élève :

— Qu'est-ce qu'il peut bien y avoir à manger chez la Lyonnaise ?

Personne n'a bougé, et pourtant la réponse arrive, chargée de précisions surprenantes.

— Rien. Des tomates, et du jambon de pays.

— Chez nous, il y a une grosse mortadelle, et du beau gorgonzola, murmure une autre voix douce qui est celle de la violoniste Morhange. Mais ça ne fait pas assez pour tous...

— Et *ma* soupe de *mes* oignons gratinée, c'est de la crotte de bique, alors ? crie Thérèse Dorny, ou Suzanne Villebœuf.

Segonzac alors se lève, ôte de son chef un chapeau de feutre antique :

— Mes bons messieurs, mes bonnes dames, c'est-i qu'eune virée jusqu'à chez moué vous ferait peûr ? Je ne sons qu'un simple pésan, j'ons ce que j'ons, mais foi de manant, j'ons le quieur sur la main et la main partout...

Le Ravissant est encore à son jeu favori d'imitateur que des pieds muets, chaussés d'espadrilles, courent, et que jambon de pays, tomates et pêches, fromages, tartes de frangipane, saucisson façonné en gourdin, pains longs qu'on étreint comme des enfants volés, soupière chaude liée dans une serviette prennent avec nous, sur deux ou trois voitures, le chemin raviné de la colline. La manœuvre nous est familière; vingt minutes plus tard, la table dressée sous un toit de clayonnage nous fait fête et le vert clair-delune d'anciens feux de tribord, haut pendus aux branches, coule onctueux sur la feuille convexe des magnolias.

Ainsi étions-nous hier soir, en haut de la colline. L'échancrure de mer, en bas, retenait une laiteuse clarté qui n'avait plus sa source dans le ciel. Nous distinguions les lumières du port, immobiles, et leur reflet tremblant. Au-dessus de nos têtes, entre deux flambeaux, une longue grappe de raisin mûrissant oscillait, et l'un de nous détacha un grain blond :

— On vendangera tôt, mais maigrement.

— Mon métayer dit que nous ferons tout de même dix hectos, affirma Segonzac avec orgueil. Chez vous, Colette ?

— Je compte un tiers de récolte, il n'a pas assez plu et c'est de la très vieille vigne : dix-huit cents à deux mille.

— Deux mille quoi ?

— Litres; mais je n'en ai que la moitié pour moi.

— Feu de Dieu, ma bonne fille, vous allez vous mettre marchande !

— Mille litres ! soupira avec accablement Suzanne Villebœuf, comme si on la condamnait à les boire.

Elle portait une robe à ramages de fleurs sur un fond noir, une étoffe villageoise d'Italie qu'elle avait taillée à la mode de l'ancienne Provence, et personne ne pouvait expliquer pourquoi elle semblait déguisée en gitane.

L'air fleurait l'eucalyptus et les pêches bletties. Des bombyx et de délicats papillons des groseilliers crépitaient, brûlés, dans les calices des photophores. Hélène Clément, patiente,

sauvait les moins atteints du bout d'une four-
chette à pickles, puis par pitié les donnait au
chat.

— Ah! une étoile filante...

— Elle est tombée sur Saint-Raphaël...

Nous avions fini de manger, et presque de
parler. Un grand cruchon de verre commun
et verdâtre, à ombilic saillant, se traînait pares-
seusement autour de la table et saluait, sans
se soulever, pour emplir encore nos verres
d'un bon vin de Cavalaire, jeune, à arrière-
goût de bois de cèdre, dont la chaleureuse
vapeur réveillait quelques guêpes. Notre sociabilité, contentée, était tout près de rendre sa
place, par droit de marée régulière, à notre
insociabilité. Les peintres, assommés de soleil,
eussent cédé à une torpeur enfantine, mais
leurs femmes, reposées l'après-midi dans une
paix de harem, tournaient de grands yeux vers
le golfe et fredonnaient tout bas.

— Après tout, risqua l'une d'elles, il n'est
que dix heures moins le quart.

— « Valsez, jolies gosses! » chanta un
soprano timide, qui s'en tint là.

— Si Carco était ici... dit une autre voix.

— Carco ne danse pas. Ce qu'il nous faudrait, c'est Vial.

Sur quoi, il y eut un très court silence et
Luc-Albert Moreau, agité de la crainte qu'on
ne me fît du mal, s'écria :

— C'est vrai, c'est vrai, il nous faudrait
Vial! Mais puisqu'il n'est pas là, n'est-ce pas...
Eh bien, il n'est pas là, voilà tout!

— Il prépare son exposition de blanc et
ses soldes en articles de ménage, dit avec
dédain Thérèse, qui, cherchant à louer « une

petite boutique rigolote », convoite le magasin parisien de Vial.

— Il est à Vaison, derrière Avignon, dit Hélène Clément.

Mes amis la regardèrent sévèrement.

Elle tenait les yeux baissés, et nourrissait de phalènes grillées, sur ses genoux, le chat noir qui ressemblait à un congre.

— C'est bon pour le faire crever, lui remontra Morhange, vindicative. N'est-ce pas, Colette ?

— Mais non, pourquoi ? C'est gras et rôti. Naturellement je ne ferais pas griller exprès des papillons pour les chats, mais on ne peut pas empêcher les bombyx de courir aux photophores.

— Ni les femmes d'aller danser, soupira en se levant un long paysagiste. Allons, un tour chez Pastecchi! Mais on rentre de bonne heure ?

Une des jeunes femmes jeta un « Oui! » aigu comme un cri de cavale, des phares tournoyèrent sur la vigne, foudroyant çà et là un cep de mercure, un chien de sel, un livide rosier terrifié. A Luc-Albert prosterné en suppliant devant une petite automobile ancienne et butée, Thérèse Dorny jeta en passant :

— Il ne tire pas, ce soir, ton Mirus ? et nos rires descendirent la côte, à la file, portés par de discrètes voitures au point mort.

A mesure que nous nous rapprochions de la mer, le golfe s'étoilait davantage. Contre mon bras nu, je sentais le bras nu d'Hélène Clément. Depuis le départ de Vial, je ne l'avais pas revue sauf sur le quai, chez le libraire, à l'heure du marché, à l'heure de la

citronnade, et jamais seule. Dans les premiers
jours de la semaine, elle me témoignait un
empressement, une déférence équivalant à
des « Eh bien ?... Eh bien ?... qu'avez-vous
fait ? Quoi de nouveau ?... » auxquels je
n'avais rien répondu. Elle s'était — je le
croyais — résignée, et songeait — mais comment ai-je pu le croire ? — à autre chose...
Son bras nu, dans l'ombre, se plia sous le
mien.

— Madame Colette, vous savez, chuchota
Hélène, je ne le sais que par une carte postale.

— Quoi donc, mon enfant ?

— Et c'est une carte postale de ma mère,
qui est avec papa à Vaison chez ma grand-
mère Clément, poursuivit-elle en enjam-
bant ma question. Avec ma famille, ils se
connaissent. Mais j'ai pensé que je pouvais
ne pas le dire tout à l'heure... que c'était
mieux... Je n'ai pas pu vous consulter là-dessus
avant dîner.

Je pressai le bras nu, frais comme le soir :
— C'était mieux.

Et j'admirai qu'elle sût si bien ce qui est
mieux, ce qui est moins bien, j'admirai son
visage plein de projets, tourné vers les événe-
ments, les arrivées, les embarcadères...
Quand la nuit s'est fermée, réduisant la
mer à son langage de clapotis, claquements
de gueule, mâchouillement obscur entre les
ventres des bateaux amarrés, l'immensité
marine à un petit mur noir, bas et vertical
contre le ciel, le scandale du bleu et de l'or
à des feux de jetée, le négoce à deux cafés et
à un petit bazar mal éclairé, alors nous décou-

vrons que notre port est un tout petit port.
Quand nous passâmes, un yacht étranger, en
bonne place, à ras de quai, exhibait sans
pudeur ses cuivres, son électricité, son pont
en bois des îles, son dîner cerné d'hommes
au torse nu, de femmes en robes basses à
grands rangs de perles, ses serveurs immacu-
lés et qui semblaient tous vierges. Nous nous
arrêtâmes pour contempler l'arche magnifique apportée par la mer et que la mer allait
reprendre quand ces gens auraient jeté par-
dessus bord leur dernière pelure de fruit, et
pavoisé l'eau de leurs journaux flottants.

— Vé, dis, passe la cigarette, leur cria du
quai un garçon en savates.

Un des passagers exposés se tourna pour
toiser l'enfant perché sur la passerelle, et ne
répondit pas.

— Vé, dites, à quelle heure c'est que vous
faites l'amour ? Si c'est tard, j'ai peur de pas
pouvoir rester jusque-là...

Il s'envola, récompensé par nos rires.

Cent mètres plus loin, dans l'aisselle de la
jetée, Pastecchi tient bal et débit de boissons.
Le coin est bon, garé du vent. Il est beau,
puisqu'il regarde à la fois un pan de mer pri-
sonnière, les tartanes relevées de bandes
peintes, et les maisons plates à base épatée,
d'un lilas tendre et d'un rose de tourterelle.
Un petit homme éreinté, qui a l'air paresseux
et qui se repose rarement, veille sur la nudité
d'une salle rectangulaire, comme s'il était
chargé d'en écarter toute parure. On n'y voit
pas une guirlande aux murs, pas un bouquet
sur le coin du comptoir, ni une couleur neuve,
ni un jupon de papier autour des ampoules

électriques. Comme dans une chapelle mortuaire pour pauvres, c'est sur le catafalque que s'amasse un faste de fleurs et de superfluité. Je nomme catafalque le piano mécanique, ancien, éprouvé par le temps, d'un noir de vieux frac. Mais il n'est aucun de ses panneaux qui n'encadre, peints au naturel, Venise, le Tyrol, un lac sous la lune, Cadix, des glycines et des rubans bleus. Il avale, par une mince bouche bordée de cuivre, des jetons de vingt centimes, et les rend au centuple en polkas métalliques, en javas de ferblanc terne, trouées de grands trous de silences phtisiques. C'est une musique creuse, d'une rigueur si funèbre que nous ne la supporterions pas sans danseurs. Dès que les premières mesures précipitent, dans le coffre, un effondrement rythmé de vieux sous, de morceaux de verre et de peignes de plomb, un couple, deux couples, dix couples de danseurs tournent, obéissants, et si l'on n'entend pas glisser les semelles de chanvre, on perçoit le bruissement soyeux des pieds nus.

J'écris danseurs, et non danseuses. Elles sont, à la Jetée, une minorité négligée. Jolies, hardies et le cou rasé, elles apprennent des touristes le chic de la jambe hâlée et du foulard sans pareil. Mais quand « l'étrangère » vient au bal, le soir, en espadrilles, la fille du pays chausse son pied nu de souliers vernis.

Nous nous serrâmes tous, sur les bancs de bois chancelants, autour d'un marbre fendu. Encore fallut-il que de jeunes ouvriers de l'usine et deux marins reculassent, pour nous faire place, leurs reins de matous et leurs verres pleins d'anis. Hélène Clément cala son épaule nue, sa hanche et sa longue jambe contre une jeune bête de mer polie comme un bois précieux, avec la sécurité d'une fille qui ne s'est jamais trouvée, au creux d'un chemin désert, à trois pas d'un inconnu muet, immobile et les mains ballantes. Quelques hommes tiennent pour impudence, chez Hélène, ce qui n'est que pureté persistante. Elle se releva promptement, et s'en alla valser aux bras du matelot bleu, qui dansait comme font les garçons ici, c'est-à-dire sans paroles, lié à sa danseuse d'une étreinte étroite et impersonnelle, en portant haut son visage où rien ne se lisait.

Autour d'un si beau couple tournaient, sous le châtiment de l'exécrable illumination, quelques habitués de la côte, deux Suédois — mari et femme, frère et sœur ? — tout en vermeil pâle des chevilles aux cheveux, des Tchécoslovaques massifs, traités selon le minimum de ciselure corporelle, deux ou trois Allemandes nouvelle manière, maigres, demi-nues, noiraudes et chaudes à l'œil, autant de taches colorées sur un fond sombre d'adolescents sans linge, le cou pris dans un mince tricot noir, de matelots bleus comme la nuit, de débardeurs de tartanes épais et légers en airain rougeâtre, héros de la danse... Ils valsaient entre eux, sous l'attention impure d'un public venu de loin pour les voir. Deux amis, jumeaux par la stature, par les pieds déliés, la similitude du sourire, qui ne daignaient pas, de tout l'été, inviter une « garce de Paris », vinrent se reposer près de nous, acceptèrent du grand Dédé qui les admirait une bouteille de gazeuse, répondirent, à une question indis-

crète : « Nous dansons nous deux parce que
les filles elles dansent pas assez bien », et s'en
allèrent renouer leurs bras, mêler leurs genoux.

Une brune frénétique aux cheveux droits,
en fichu jaune, venue telle quelle, en automobile, d'une plage voisine, trinquait du ventre
avec un distant ouvrier, qui la tenant aux reins
semblait ne pas la voir. Un noir jeune homme
enchanteur, en chemise de pilou gris déchirée,
comme chevillé à un autre jeune homme fin,
vide, immatériel, plus blanc à cause d'un foulard rouge serré en haut du cou sous l'oreille,
nous jetait en passant des regards de défi, et
un mulâtre en forme de marteau — les épaules
démesurées, la taille à passer dans une jarre-
tière — portait sur son cœur, soulevé de terre,
un enfant presque endormi de giration, qui
laissait baller sa tête et pendre ses bras...

Point d'autre vacarme que celui du billon,
de la vaisselle et des dominos moulus ensemble
dans le piano mécanique. On ne vient pas à
la Jetée pour causer, ni même pour se saouler.
A la Jetée, on danse.

Les fenêtres ouvertes laissaient entrer
l'odeur des écorces de melon flottantes sur
l'eau du port; entre deux moitiés de tangos,
un long soupir annonçait qu'une vague, née
au large, achevait de mourir à quelques pas
de nous.

Mes jeunes compagnes regardaient tourner
les couples mâles. Dans leur excès d'attention,
je pouvais lire ensemble la défiance et le
penchant qu'elles ont pour les énigmes. Le
grand Dédé, rapetissant son œil vert, prenait
un calme plaisir, penchait de côté la tête,
disait de temps en temps :

— C'est joli... C'est joli. C'est déjà gâté, mais c'est joli. L'été qui vient ils danseront parce que Volterra les regardera danser...

La petite tzigane Villebœuf tournoya à son tour comme une corolle. Nous nous gardions de parler, étourdis de tournoiement et de déplaisante lumière. Le vent de la danse collait au plafond un voile de fumée qui essayait, à chaque pause, de redescendre, et je me souviens que j'étais contente de ne presque pas penser, d'acquiescer à la musique concassée, au petit vin blanc de l'année qui tiédissait sitôt versé, à la chaleur grandissante, qui s'enrichissait d'odeurs... Le gros tabac triomphait, puis reculait devant la menthe verte, qui s'effaçait sous un rugueux relent de vêtements trempés dans la saumure; mais au passage un torse brun, gainé d'un petit justaucorps de tricot sans manches, fleurait le copeau de santal, et la porte battante de la cave libérait la vapeur du vin égoutté sur le sable... Une bonne épaule d'ami m'étayait, et j'attendais que la satiété me rendît la force et l'envie de me lever, de retourner vers mon royaume exigu, vers les chats anxieux, la vigne, les noirs mûriers... Je n'attendais que cela... encore une minute, et je m'en vais... que cela, vraiment...

— Y a pas, dit une jeune femme couleur de cannelle, c'est Vial qu'il nous aurait fallu, ce soir.

— Ramène-moi chez moi, Hélène, dis-je en me levant, tu sais bien que je ne peux pas conduire la nuit.

Je me rappelle qu'elle me conduisit très doucement, en évitant les pierres et les trous

qui nous sont familiers, et qu'elle orienta ses
phares, à l'arrivée, de manière qu'ils éclai-
rassent l'allée. En chemin, elle me parla bal,
température et vicinalité, sur un ton si contenu,
si gros de sollicitude et de prévenance que
lorsqu'elle se risquait à me demander d'une
voix émue :

— Est-ce que ça ne fait pas trois ans qu'on
n'a comblé ces deux trous-là ?

J'étais tentée de lui répondre :

— Non, merci, Hélène, je n'ai pas besoin
de ventouses ce soir, et la potion bromurée est
inutile.

Je la devinais pleine de zèle et de soins,
comme si elle eût palpé sur moi une meurtrissure indolore, un sang répandu que moi-
même je ne sentais pas. C'est pour la remercier
que je lui dis, quand elle courut ouvrir ma
grille qui n'a point de serrure, tandis que je
déposais à terre ma brabançonne âgée :

— Tu étais superbe ce soir, Hélène, encore
mieux que le mois dernier.

Elle se tint toute droite de fierté devant les
phares :

— Oui ? Je sens que c'est vrai, madame
Colette. Et ce n'est pas fini! Ça ne fait que
commencer. Je crois...

Elle levait le doigt comme un grand ange de
combat, debout au centre d'un halo blanc.
A bout de mystère elle tourna la tête vers le
« Dé »...

— Ah oui ?... fis-je vaguement, et je me
hâtai sur l'allée, avec une sorte de répugnance
pour tout ce qui n'était pas mon gîte, l'accueil
des bêtes, le linge frais, une caverne de
silence... Mais Hélène s'élança, me saisit au

coude, et je ne vis plus, devant nous, que deux ombres démesurées d'un bleu d'encre, qui couchées et rampantes sur la terre se brisaient au pied de la façade, l'escaladaient verticales et gesticulaient sur le toit :

— Madame, c'est fou, c'est stupide, mais sans raison aucune j'ai une... j'ai un pressentiment... comme un grand espoir... Madame, je vous suis très dévouée, vous savez... Madame, vous comprenez tout...

Sa longue ombre donna à mon ombre plus courte un baiser incohérent qui tomba quelque part dans l'air, et elle me quitta en courant.

« *Je viens de classer des papiers dans le secré-taire du cher papa. J'y ai trouvé toutes les lettres que je lui écrivais de la Maison Dubois après mon opération, et tous les télégrammes que tu lui envoyais pendant la période où je ne pouvais lui écrire. Il avait tout gardé, que j'ai été émue! Mais, me diras-tu, c'est tout naturel qu'il ait conservé cela. Pas si naturel, va, tu verras... Les deux ou trois courts voyages que j'ai faits à Paris pour te voir, avant sa mort, quand j'en revenais je retrouvais mon cher Colette diminué, creusé, mangeant à peine... Ah! quel enfant! Quel dommage qu'il m'ait autant aimée! C'est son amour pour moi qui a annihilé, une à une, toutes ses belles facultés qui l'auraient poussé vers la littérature et les sciences. Il a préféré ne songer qu'à moi, se tourmenter pour moi, et c'est cela que je trouvais inexcusable. Un si grand amour! Quelle légèreté! Mais, de mon côté, comment veux-tu que je me console d'avoir perdu un ami aussi tendre?... »*

Une pluie douce tombe depuis deux heures, et va cesser. Déjà tous les signes célestes se disputent la fin de l'après-midi. Un arc-en-ciel a tenté de franchir le golfe; rompu à mi-chemin contre un solide amas de nuages orageux, il brandit en l'air un reste merveilleux de cintre dont les couleurs meurent ensemble. En face de lui, le soleil, sur des jantes de rayons divergents, descend vers la mer. La lune croissante, blanche dans le plein jour, joue entre des flocons de nues allégées. C'est la première pluie de l'été. Qu'y gagnera la vendange ? Rien. Le raisin est quasi mûr. La petite aurore me le livre froid, perlé, élastique et giclant sucré sous la dent...

Les pins filtrent l'ondée ralentie; en dépit de leur baume, des orangers mouillés et de l'algue sulfureuse qui fume en bordure de mer, l'eau du ciel gratifie la Provence d'une odeur de brouillard, de sous-bois, de septembre, de province du Centre. La grande rareté qu'un horizon brumeux sous ma fenêtre! Je vois le paysage trembler, comme à travers une montée de larmes. Tout est nouveauté et douce infraction, jusqu'au geste de ma main qui écrit, geste depuis si longtemps nocturne. Mais il fallait bien fêter à ma manière la pluie, — et puis je n'ai de goût, cette semaine, que pour ce qui ne me plaît guère.

L'averse se retire sur les Maures. Tous les hôtes de ma maison chantent la fin du mauvais temps. Une action de grâces, fleurie de « Peuchère! » de « Dieu garde! » et de « Jésus, je succombe! » s'envole de la cuisine. La Chatte, au bord d'une flaque, cueille des gouttes d'eau dans le creux de sa petite main de chat et les regarde ruisseler : ainsi ferait, jouant avec son collier, une jeune fille... Mais le Matou, qui avait oublié la pluie, ne l'a pas encore reconnue. Il l'étudie, assis sur le seuil, parcouru de frissons. Un vague sourire commence à paraître sur son pur et stupide visage. Si le mauvais temps persévérait, il ne manquerait pas de s'écrier, tout rayonnant de suffisance : « J'ai compris! Je me souviens! Il pleut. » Quant à cette grande bringue désossée, sa fille, — qu'on appelle, en mémoire d'une époque où elle avait six semaines, la Toute-Petite — par pluie ou soleil, elle chasse. Elle est chargée de meurtres et peu liante. Sa fourrure, plus claire qu'un sang bleu comme le sien ne l'autorise, est pareille à la gelée blanche sur un toit d'ardoises. Une capiteuse odeur de sang d'oiseau, d'herbe foulée et de grenier chaud la suit, et sa mère s'écarte d'elle comme d'un renard.

Que je demeure seulement une huitaine de jours sans écrire, ma main désapprend l'écriture. Depuis huit ou dix jours, — exactement depuis le départ de Vial, — j'ai eu beaucoup de travail, — il est plus juste d'écrire : j'ai beaucoup travaillé. Le fossé mitoyen qui draine les eaux superflues de l'hiver, je l'ai approfondi, curé. « Vé, ce n'est pas la saison! » me reprochait Divine. Mentionnons encore un sarclage, pénible en terre dure, le rinçage des dames-jeannes en verre clissé. J'ai aussi huilé, frotté d'émeri les cisailles à vendange. Trois journées de grande chaleur nous ont retenus près de la mer, dans la mer, heureux sous sa courte houle fraîche et lourde. A peine séchés, nos bras et nos jambes se couvraient d'un givre de sel fin. Mais, atteints, domptés par le soleil, nous sentons qu'il ne nous vise plus des mêmes points du ciel. A l'aube, ce n'est plus l'eucalyptus qui devant

ma fenêtre divise, au sortir de la mer, le premier segment du soleil, c'est un pin voisin de
l'eucalyptus. Combien sommes-nous à voir
le jour paraître ? Ce vieillissement de l'astre,
qui chaque matin abrège sa course, demeure
secret. Il suffit à mes camarades parisiens, et
aux Parisiens qui ne sont pas mes camarades,
que le couchant emplisse longuement le ciel,
occupe et couronne l'après-midi...

Parlerai-je de deux excursions qui nous
virent, nombreux et gais, contents de partir,
plus contents de revenir ? J'aime les vieux
villages provençaux qui épousent la pointe de
leurs collines. La ruine y est sèche, saine,
dépouillée d'herbe et de moisissure verte, et
seul le géranium-lierre fleuri de rose pend à
la noire oreille béante d'une tour. Mais en été
je me lasse vite, à m'enfoncer dans les terres;
j'ai tôt soif de la mer, de l'inflexible suture
horizontale, bleu contre bleu...

Je crois que c'est tout. Vous trouvez que
c'est peu ? Peut-être ne vous trompez-vous
pas. Peut-être suis-je impuissante à vous
peindre ce que moi-même je ne démêle pas
clairement. Je confonds parfois silence et
grand bruissement intérieur, lassitude et félicité, et c'est presque toujours un regret qui
m'arrache un sourire. Depuis le départ de
Vial, je m'applique beaucoup à la sérénité, et
naturellement je ne lui apporte que des maté-
riaux de bonne origine, les uns pris dans un
passé frais encore, les autres dans mon présent
qui s'éclaire, — les meilleurs, je te les mendie,
ma très chère. De sorte que ma sérénité, édi-
fiée sans génie spontané, a la figure non point
factice mais laborieuse des œuvres où on

met trop de conscience. Je lui crierais :
« Allons! enivre-toi! Titube! », si j'étais certaine qu'elle aura le vin gai.

Quand Vial était ici, pendant deux étés
consécutifs, sa présence... Non, je parlerais
mal de lui. Je te remets le soin, ma compagne subtile, de louer un Vial que tu n'as pas
connu.

« *Je te quitte pour aller jouer aux échecs avec
mon petit marchand de laine. Tu le connais.
C'est ce petit gros homme vilain qui vend triste-
ment toute la journée des boutons et de la laine à
repriser, et ne dit pas un mot. Mais, ô surprise!
il joue finement aux échecs. Nous jouons dans
son arrière-boutique où il y a un poêle, un fauteuil qu'il m'avance, et sur la fenêtre qui donne
sur une courette, deux pots de géraniums très
beaux, de ces géraniums incompréhensibles qu'on
trouve dans les pauvres logis et chez les gardes-
barrières. Je n'ai jamais pu avoir les pareils, moi
qui leur donne l'air, l'eau pure et qui fais tous
leurs caprices. Je vais donc jouer très souvent
chez mon petit marchand de laine. Il m'attend
fidèlement. Il me demande chaque fois si je veux
une tasse de thé, parce que je suis « une dame »
et que le thé est une boisson distinguée. Nous
jouons, et je pense à ce qui est emprisonné dans
ce petit gros homme. Qui le saura jamais ? Cela
me rend curieuse. Mais je dois me résigner à ne
jamais le savoir, encore bien contente d'être
certaine qu'il y a quelque chose, et d'être seule
à le savoir.* »

Goût, divination du trésor caché... Sour-
cière, elle allait droit à ce qui ne brille que
secrètement, eau qui languit loin de la lumière,
filon dormant, cœurs à qui toute chance d'éclo-

sion est retirée. Elle écoutait le liquide sanglot,
le long tintement souterrain, le soupir...

Ce n'est pas elle qui eût brutalement ques-
tionné : « Vial, tu t'es donc attaché à moi ? »
De pareils mots flétrissent tout... Eh quoi, des
regrets ? Ce garçon ordinaire ?... Il n'y a point
de castes en amour. Demande-t-on à un héros :
« Petit marchand de laine, m'aimez-vous ? »
Pousse-t-on, avec cette hâte, toutes choses
vers leur fin ? Quand je me levais, petite fille,
vers sept heures, éblouie que le soleil fût bas,
que les hirondelles se tinssent encore en file
sur la gouttière et que le noyer ramassât sous
lui son ombre glaciale, j'entendais ma mère
s'écrier : « Sept heures! mon Dieu, qu'il est
tard! » Je ne la rejoindrai donc jamais ? Libre,
volant haut, elle nomme l'amour constant,
exclusif : « Quelle légèreté! » et puis dédaigne
de s'expliquer longuement. A moi de comprendre. Je fais ce que je peux. Il serait grand
temps de l'approcher autrement que dans
l'amitié que je professe pour des travaux sans
urgence ni grandeur, et de dépasser ce que
nous appelions autrefois, enfants irrévéren-
cieux, « le culte de la petite casserole bleue ».
Elle ne saurait se contenter — ni moi — de
savoir que parfois je contemple, je caresse
tout ce qui passe par mes mains. D'autres
jours, je me vois poussée hors de moi-même
et forcée de concéder une large hospitalité
à ceux qui, m'ayant cédé leur place sur la
terre, ne se sont qu'en apparence immergés
dans la mort. L'onde de fureur qui monte en
moi et me gouverne comme un plaisir des
sens : voilà mon père, sa blanche main ita-
lienne tendue vers les lames, refermée sur le

poignard à ressort qui ne le quittait pas. Mon
père encore, la jalousie qui me rendit, autrefois, si incommode... Docilement, je remets mes
pas dans la trace des pas, à jamais arrêtés, qui
marquaient leur chemin du jardin au cellier, du
cellier à la pompe, de la pompe au grand fauteuil comblé de coussins, de livres écarquillés
et de journaux. Sur cette voie foulée, éclairée
d'un rayon fauchant et bas, le premier rayon du
jour, j'espère apprendre pourquoi il ne faut
jamais poser une seule question au petit
marchand de laine, — je veux dire Vial, mais
c'est le même parfait amant — pourquoi le
vrai nom de l'amour, qui refoule et condamne
tout autour de lui, est « légèreté ».

Je me souviens d'un soir, — il y a tantôt
huit jours, et c'est le soir qu'Hélène me rame-
na du bal — où je crus laisser sur le chemin
aux bras de l'ombre d'Hélène refermés sur les
épaules de mon ombre, un reliquat qui ne lu
était pas précisément destiné, mais dont il
importait que je me défisse, — vieux réflexes,
servitudes, aberrations inoffensives...

Hélène partie, j'ouvris sur la vigne la porte
de l'enclos, et j'appelai les miens : « Miens ! »
Ils accoururent, baignés de lune, pénétrés des
baumes qu'ils prennent aux perles de la résine,
aux menthes velues, divinisés par la nuit, et
je m'étonnai une fois encore que, si libres et
si beaux, maîtres d'eux-mêmes et de cette
heure nocturne, ils choisissent d'accourir a
ma voix...

Puis je rangeai la chienne dans son tiroir de
commode ouvert, et j'installai devant moi, sur
mon lit, la table bassette aux sabots de caout-
chouc, j'orientai l'abat-jour de porcelaine,

dont le feu vert répondait, de loin, à la lampe
rouge que Vial allumait dans le « Dé ».

— Vous êtes feu de tribord, et moi de
bâbord, plaisantait Vial.

— Oui, répondais-je, nous ne regardons
jamais l'un vers l'autre.

Puis je décoiffai la pointe d'or adoucie d'un
de mes stylographes, le meilleur coureur, et
je n'écrivis pas. Je me laissai panser par la
nuit qui se fait longue. Plus longue encore sera
la nuit prochaine, et la suivante. Les nuits, les
corps s'étirent, la fièvre d'été les quitte. Et je
me disais que, si je me fiais au décor, — la nuit
noire, la solitude, les bêtes amies, un grand
cercle de champs et de mer tout autour —
j'étais désormais pareille à celle que je décri-
vis maintes fois, vous savez, cette femme
solitaire et droite, comme une rose triste qui
d'être défeuillée a le port plus fier. Mais je ne
me fie plus à mes apparences, ayant connu le
temps où, tandis que je peignais cette isolée,
j'allais page à page montrer mon mensonge à
un homme en lui demandant : « Est-ce bien
menti ? » Et je riais, en cherchant du front
l'épaule de l'homme, sous son oreille que je
mordillais, car incurablement je croyais avoir
menti... Mordant le bout croquant et frais de
l'oreille, pressant l'épaule, je riais tout bas.
« Tu es là, n'est-ce pas, tu es là ? » Déjà je ne
tenais qu'une fallacieuse épaisseur. Pourquoi
fût-il resté ? Je lui inspirais confiance. Il
savait qu'on peut me laisser seule avec les
allumettes, le gaz et les armes à feu.

La grille a chanté. Sur l'allée, où l'eau du
ciel fume en épousant la terre chaude, une
jeune femme marche vers ma maison, en

secouant au passage les grands plumages pleureurs des mimosas.

C'est Hélène. Depuis le départ de Vial, elle ne nous rejoint plus au bain du matin, où elle rencontre, malgré la protection dont je la couvre, quelques froids visages, car je compte parmi mes amis des êtres d'une simplicité redoutable, qui comprennent mal le son des paroles, ayant reçu mission d'entendre cheminer les pensées.

Hélène va partir bientôt pour Paris. Quand j'en ai donné la nouvelle, la petite voix de Morhange m'a seule répondu :

— Ah! tant mieux, cette bringue!... Je ne l'aime pas, elle n'est pas bonne.

J'ai insisté pour connaître la raison d'une si vive antipathie.

— Non, elle n'est pas bonne, dit Morhange. Et la preuve, c'est que je ne l'aime pas.

*

Un grand vent s'est levé sur le soir. Il a séché la pluie, emporté les grosses outres molles des nuages ballonnés, porteurs de bénigne humidité. Il souffle du nord, parle de sécheresse, de neige lointaine, d'une saison rigide, invisible, déjà installée là-haut sur les Alpes.

Les bêtes, assises, le regardent gravement passer sans fin au-delà de la fenêtre noire... Peut-être qu'elles pensent à l'hiver. C'est le premier soir que nous nous réunissons en cercle plus serré. Les chats m'attendaient sous l'auvent de roseaux, quand je suis rentrée. J'ai dîné chez mes voisins d'en face, couple jeune qui bâtit son nid avec une gravité religieuse. Ils sont si émus encore de leurs nouveaux biens que je me hâte de les laisser seuls,

afin que derrière moi ils puissent reprendre le
compte de leurs trésors acquis, et s'aventurer
parmi leurs convoitises frémissantes. Chez
eux, après le dîner, on apporte dans la salle
basse, sous le plafond de grosses solives, un
berceau vide, qu'on emplit d'un petit enfant
rond et rose comme un radis, fait à sa mesure.
Alors je sais qu'il est dix heures et je rentre
chez moi.

Hélène n'est pas restée longtemps cet après-
midi. Elle venait m'annoncer qu'elle prenait
la route, comme elle dit, dans sa voiture
cinq-chevaux, en compagnie d'une camarade
capable de la relayer au volant et de changer
une roue.

— Vial ne bouge pas de Paris, madame
Colette. Il travaille comme un cheval à sa
grande affaire des Quatre-Quartiers... J'ai
ma police, ajouta-t-elle.

— Pas trop de police, Hélène, pas trop de
police...

— N'ayez pas peur! Ma police, c'est papa,
et il pilote Vial dans des petits chemins...
Vial aura besoin de papa, l'hiver prochain, si
le ministère ne tombe pas, parce que papa est
camarade de collège avec le ministre... Le
tout est que le ministère ne tombe pas avant
que les Quatre-Quartiers aient mis Vial à la
direction de leurs ateliers...

Elle me serrait les mains, et il lui échappa
un mot de passion :

— Ah! madame, j'aimerais tant l'aider!

Elle aura Vial. J'ai essayé, ces derniers
jours, de lui conseiller la prudence dans la
poursuite, — c'est « dignité » et non « prudence » que je pensais — et un style straté-

gique différent. Mais elle a balayé mes avis d'un grand geste de son bras nu, et elle hochait la tête à grands hochements assurés. Alors j'ai bien vu que je n'y connaissais rien. Elle a une manière de me dire : « N'ayez pas peur! » qui est tendre et superbe. Pour un peu elle ajouterait : « Du moment que vous n'êtes plus dans le voisinage de Vial, j'en fais mon affaire. »

Depuis deux ou trois semaines, je me suis parfois reposée sur la fierté de pouvoir, si je voulais, nuire. « Je m'en arrangerais encore », disait Vial sourdement. Nous nous vantions tous deux. Hélène aura Vial, et ce sera justice, — ma main ne partait-elle pas pour écrire : et ce sera bien fait ?...

Il vente, dehors, sans une goutte d'eau. J'y perdrai le restant de mes poires, mais la vigne alourdie se moque du mistral. « *Auras-tu hérité de mon amour pour les tempêtes et tous les cataclysmes de la nature ?* » m'écrivait ma mère. Non. Le vent, d'habitude, refroidit mes pensées, me détourne du présent, et me rebrousse dans le sens unique du passé. Mais ce soir le présent ne se raccorde pas, par une articulation aimable, à mon passé. Depuis le départ de Vial, il me faut, de nouveau, prendre patience, avancer sans me retourner, et ne faire volte-face qu'à bon escient, dans six mois, dans trois semaines... Quoi, tant de précautions ? Oui, tant de précautions, et la crainte de toute hâte, et une lente chimie, — soignons les crus de mes souvenirs.

Un jour, je me verrai humant l'amour dans mon passé, et j'admirerai les grands troubles, les guerres, les fêtes, les solitudes... L'amer

avril, son vent fiévreux, son abeille prise à la
glu d'un bourgeon brun, son odeur d'abrico-
tier fleuri agenouilleront devant moi le printemps lui-même tel qu'il fit irruption dans
ma vie, dansant, en pleurs, insensé, meurtri
à ses propres épines... Mais je songerai peut-
être : « J'ai eu mieux. J'ai eu Vial. »

Vous vous étonnerez : « Comment, ce petit
homme, qui a dit trois paroles et s'en va ?
Vraiment, ce petit homme, oser le comparer
à... » Cela ne se discute pas. Quand vous
vantez à une mère la beauté d'une de ses filles,
elle sourit en elle-même parce qu'elle pense
que c'est la laide qui est la plus jolie. Je ne
chante pas Vial sur un mode lyrique, je le
regrette. Oui, je le regrette. Je n'aurai besoin
de le grandir que quand je le regretterai
moins. Il descendra — ma mémoire ayant
achevé son capricieux travail qui ôte souvent à
un monstre sa bosse, sa corne, efface un mont,
respecte un fétu, une antenne, un reflet, — il
descendra prendre sa place dans des profon-
deurs où l'amour, superficielle écume, n'a pas
toujours accès.

Alors je penserai à lui en me répétant que
je me suis dessaisie de lui, que j'ai donné Vial à
une jeune femme, d'un geste qui avait, ma
foi, une belle allure de faste et de gaspillage.
Déjà, si je relis ce que j'ai écrit il y a tantôt
trois semaines, j'y trouve Vial mal peint, avec
une exactitude qui appauvrit son contour. En
ces jours passés je pensais beaucoup à Vial.
Aujourd'hui, je pense bien plus à moi, puisque je le regrette... O cher homme, notre
amitié difficile est encore trébuchante, quel
bonheur !...

Laisse-moi, ma très chère, jeter encore une fois mon cri... Quel bonheur! C'est fait, je me tais. A toi de me rappeler au silence. Parle, près de mourir, parle au nom de ton protocole inflexible, au nom de la vertu unique que tu nommais « le véritable comme-il-faut ».

« *Eh bien non, je t'ai trompée, pour avoir la paix. La vieille Joséphine ne couche pas à la petite maison. J'y dors seule. Epargnez-moi, tous! Ne venez pas me raconter, toi et ton frère, des histoires de cambrioleurs et de mauvais passants. En fait de visites nocturnes, il n'y en a plus qu'une qui doit passer mon seuil, vous le savez bien. Donnez-moi un chien, si vous voulez. Oui, un chien cela va encore. Mais ne m'imposez pas, la nuit, d'être enfermée avec quelqu'un! J'en suis à ne plus supporter chez moi le sommeil d'un être humain, quand cet être humain je ne l'ai pas fait moi-même. Ma morale à moi me le défend. C'est le dernier démariage que de bannir de chez soi, surtout d'un petit logis, le lit défait, un seau de toilette, le passage d'un individu — homme ou femme — en chemise de nuit. Pouah! Non, non, plus de compagnie nocturne, de respiration étrangère, plus cette humiliation du réveil simultané! Je choisis de mourir, c'est plus convenable.*

« *Et ayant fixé mon choix, je suis toute à la coquetterie. Tu te souviens qu'à l'époque de mon opération, je m'étais fait faire deux grandes blouses de lit, en flanelle blanche? Je viens, avec les deux, d'en faire confectionner une seule. Pourquoi donc? Mais, pour m'ensevelir. Elle a un capuchon, garni de dentelle autour, de la véritable dentelle de fil, — tu sais si j'ai horreur de toucher de la dentelle de coton. La même den-*

*telle aux manches, et autour du collet (il y a un
collet). Ce genre de précautions fait partie de
mon sentiment du strict comme-il-faut. J'ai
déjà assez de regret que Victor Considerant ait
cru devoir donner, à ma belle-sœur Caro, un
magnifique cercueil en bois d'ébène, avec des
poignées d'argent, qu'il avait fait tailler sur
mesures pour sa propre femme. Mais celle-ci,
enflée, n'y put entrer. Ma grande bête de Caro,
épouvantée d'un pareil cadeau, l'a donné à sa
femme de ménage. Que ne me l'a-t-elle donné à
moi ? J'aime le luxe, et vois-tu comme j'aurais
été bien logée là-dedans ? Ne va pas t'impression-
ner de cette lettre, elle vient en son temps, elle
est ce qu'il faut qu'elle soit.*

*« Combien ai-je encore devant moi de parties
d'échecs ? Car je joue encore, de loin en loin,
avec mon petit marchand de laine. Il n'y a rien
de changé, sauf que c'est moi maintenant qui
joue moins bien que lui, et qui perds. Quand je
serai devenue trop impotente et disgracieuse,
je renoncerai à cela comme je renonce au reste,
par décence. »*

Il fait bon prendre une pareille leçon de
maintien. Quel ton! Je crois l'entendre, et me
redresse. Fuis, mon favori! Ne reparais que
méconnaissable. Saute la fenêtre, et en touchant le sol change, fleuris, vole, résonne...
Tu m'abuserais vingt fois avant que de la
tromper, elle, mais quand même purge ta
peine, rejette ta dépouille. Lorsque tu me
reviendras, il faut que je puisse te donner, à
l'exemple de ma mère, ton nom de « Cactus
rose » ou de je ne sais quelle autre fleur en
forme de flamme, à éclosion pénible, ton nom
futur de créature exorcisée.

La lettre que je viens de recopier, elle l'écrivit d'une main encore libre. Ses plumes pointues griffaient le papier, elle faisait grand bruit en écrivant. Le bruit de cette lettre, où elle se défendait — où elle nous défendait — contre la prison, la maladie et l'impudeur, dut emplir sa chambre d'un grattement de pattes d'insecte furieuses. Pourtant au bout des lignes les derniers mots descendent, attirés par une pente invisible. Si brave, elle a peur. Elle songe à la terrible dépendance, à toutes les dépendances ; elle prend la peine de me mettre en garde... Le lendemain, une autre lettre d'elle me suggère délicatement des compensations, des échanges : une charmante histoire de folle avoine dont les barbes, dardées à droite, dardées à gauche, prédisent le temps, succède à l'admonition. Elle s'exalte en contant la visite que lui fit, pendant une de ses mauvaises somnolences empoisonnées de digitale, sa petite-fille G...

« ... *Huit ans, ses cheveux noirs tout emmêlés, car elle avait couru pour apporter une rose. Elle restait sur le seuil de ma chambre, aussi effrayée par mon réveil que par mon sommeil. Je ne verrai rien avant ma mort d'aussi beau que cette enfant interdite, qui avait envie de pleurer et tendait une rose.* » D'elle, de moi, qui donc est le meilleur écrivain ? N'éclate-t-il pas que c'est elle ?

L'aube vient, le vent tombe. De la pluie d'hier, dans l'ombre, un nouveau parfum est né, ou c'est moi qui vais encore une fois découvrir le monde et qui y applique des sens nouveaux ?... Ce n'est pas trop que de naître et de créer chaque jour. Elle est froide d'émo-

tion, la main couleur de bronze qui court,
s'arrête, biffe, repart, froide d'une jeune
émotion. L'avare amour ne voulait-il pas, une
dernière fois, m'emplir le creux des paumes
d'un petit trésor racorni ? Je ne cueillerai
plus que par brassées. De grandes brassées de
vent, d'atomes colorés, de vide généreux, que
je déchargerai sur l'aire, avec orgueil...

L'aube vient. Il est courant qu'aucun démon
ne soutient son approche, sa pâleur, son glissement bleuâtre; mais on ne parle jamais des
démons translucides qui l'apportent amou-
reusement. Un bleu d'adieux, étouffé, étalé
par le brouillard, pénètre avec des bouffées
de brume. J'ai besoin de peu de sommeil; la
sieste, depuis plusieurs semaines, me suffit.
Quand l'envie de dormir me ressaisira, je
dormirai d'une manière véhémente et saoulée.
Je n'ai qu'à attendre la reprise d'un rythme
interrompu pendant quelque temps. Attendre,
attendre... Cela s'apprend à la bonne école, où
s'enseigne aussi la grande élégance des mœurs,
le chic suprême du savoir-décliner...

Cela s'apprend de toi, à qui je recours sans
cesse... Une lettre, la dernière, vint vite après
la riante épître au cercueil en bois d'ébène...
Ah! cachons sous la dernière lettre l'image
que je ne veux pas voir : une tête à demi
vaincue qui tournait de côté et d'autre, sur
l'oreiller, son col sec et son impatience de
pauvre chèvre attachée court... La dernière
lettre, ma mère en l'écrivant voulut sans doute
m'assurer qu'elle avait déjà quitté l'obligation
d'employer notre langage. Deux feuillets
crayonnés ne portent plus que des signes qui
semblent joyeux, des flèches partant d'un

mot esquissé, de petits rayons, deux « oui,
oui » et un « elle a dansé » très net. Elle a écrit
aussi, plus bas, « mon amour » — elle m'appelait ainsi quand nos séparations se faisaient
longues et qu'elle s'ennuyait de moi. Mais j'ai
scrupule cette fois de réclamer pour moi seule
un mot si brûlant. Il tient sa place parmi des
traits, des entrelacs d'hirondelle, des volutes
végétales, parmi les messages d'une main qui
tentait de me transmettre un alphabet nouveau, ou le croquis d'un site entrevu à l'aurore
sous des rais qui n'atteindraient jamais le
morne zénith. De sorte que cette lettre, au
lieu de la contempler comme un confus délire,
j'y lis un de ces paysages hantés où par jeu
l'on cacha un visage dans les feuilles, un bras
entre deux branches, un torse sous des nœuds
de rochers...

Le bleu froid est entré dans ma chambre,
traînant une très faible couleur carnée qui le
trouble. Ruisselante, contractée, arrachée à la
nuit, c'est l'aurore. La même heure demain
me verra couper les premiers raisins de la
vendange. Après-demain, devançant cette
heure, je veux... Pas si vite, pas si vite ! Qu'elle
prenne patience, la faim profonde du moment
qui enfante le jour : l'ami ambigu qui sauta la
fenêtre erre encore. Il n'a pas, en touchant le
sol, abdiqué sa forme. Le temps lui a manqué
pour se parfaire. Mais que je l'assiste seulement et le voici halliers, embruns, météores,
livre sans bornes ouvert, grappe, navire,
oasis...

DOSSIER

I

LETTRES DE « SIDO » A SA FILLE

Nous donnons ci-dessous les textes de trois lettres ou fragments de lettres adressées par Sido à sa fille. Il est du plus grand intérêt de les comparer aux textes élaborés par Colette dans La Naissance du jour.

1) La « lettre du cactus ». Voir p. 19. On remarquera, entre autres, que Colette fait refuser par Sido l'invitation de Jouvenel, alors que Sido l'acceptait. On a respecté les graphies et fautes propres à Sido. Cette lettre n'est pas datée. Elle a été publiée dans Le Figaro *littéraire du 24 janvier 1953 pour les quatre-vingts ans de Colette ; le texte en a été revu sur l'autographe.*

Monsieur de Jouvenel

Votre invitation si gracieusement faite me décide à l'accepter pour bien des raisons, parmi ces raisons il en est une à laquelle je ne résiste jamais : voir le cher visage de ma fille, entendre sa voix. Enfin vous connaître et juger autant que celà est possible qu'elle ait jeté avec tant d'enthousiasme son bonnet par-dessus les moulins pour vous. Mais, j'abandonne pour q.q. jours des êtres qui n'ont que moi sur qui compter : la Mine, qui m'a donné toute sa confiance et sa tendresse, un sedum qui est près de fleurir et qui est magnifique ; un gloxinia dont le calice largement ouvert me laisse à loisir surveiller la fécondation.

Tout cela va souffrir sans moi mais ma bru me promet de veiller. Elle le fera certainement trop contente d'être débarrassée de sa belle-mère pour q.q. jours.

Donc, à bientôt je pense mais dites à Gabri que j'attends qu'elle m'écrive. Vous savez qui est Gabri ? C'est bien pire : elle s'appelle Gabrielle. Le saviez-vous ?

Je m'apelle bien
Sidonie Colette

2) *Lettre de Sido à Colette, 2 mars 1907.*
Voir p. 89-90.

« Il est 5 heures du matin et je t'écris à la lueur de ma lampe, en face de chez moi, tu sais la grange de Mme Moreau ? On y a mis le feu bien certainement, elle était remplie de fourrages et de blé. Je me doute qui et ce doit être un ouvrier qui a battu tout l'hiver dans cette grange ce qui l'a empêché de chercher son pain. Je lisais ton livre, mon toutou, *La Retraite sentimentale* quand j'entends un bruit étrange... mais quel vent tout à coup me dis-je et je vois à l'instant une lueur éclairée sous mes fenêtres. Les pompiers sont là, dans mon jardin, ils piétinent mes beaux fraisiers ; il tombe du feu sur mon poulailler. Comme je ne suis utile à rien pour cet incendie je vais prendre le café. Tout de même si le vent au lieu d'être à l'Est avait été à l'Ouest ma maison prenait feu. »

L'extrait de cette lettre et celui de la suivante sont cités d'après le catalogue de l'exposition Colette (Bibliothèque Nationale, 1973), nᵒˢ 383 et 385.

3) *Lettre de Sido à Colette, 15 mars [1912].* Voir p. 163-164.

« Tu ne devinerais pas ce que j'ai fait. Je m'étais fait confectionner deux grandes blouses en flanelle blanche, garnie de grosses dentelles de laine blanche, lors de ma dernière opération ? Je viens d'en faire confectionner une avec les deux, avec capuchon garni de dentelle tout autour du collet et du capuchon et des manches pour... m'ensevelir. » Sido regrette que Victor Considérant ait fait cadeau d'un « beau cercueil en bois d'ébène et poignée d'argent » à sa belle-sœur qui en a fait cadeau à sa femme de ménage « au lieu de le [lui] donner à elle. Vois-tu comme j'aurais été belle dans cette niche ! [...] Ne t'impressionne pas de ma lettre — elle est ce qu'il faut. »

II

RÉPERTOIRE
DES PERSONNES RÉELLES
CITÉES DANS LE ROMAN

L'indication des pages où ces personnes sont nommées figure à la fin de chaque notice en caractères italiques. Pour les artistes, nous avons utilisé la « nouvelle édition » du *Dictionnaire [...] des peintres, sculpteurs [...] de* Bénézit. *LP* est l'abréviation de *Lettres à ses pairs* (Flammarion, 1973).

ASSELIN (Maurice), 1882-1947. Paysagiste, portraitiste, aquarelliste. Il a illustré *Rien qu'une femme* de Francis Carco (1925). *P. 67.*

BENOIT (Pierre), 1886-1962. Romancier fécond, mais non négligeable pour ceux qui aiment le roman-roman. Ses relations avec Colette ne sont pas autrement attestées. *P. 59.*

BERTHELOT (Philippe), 1866-1934. Fils du grand chimiste Marcelin Berthelot, il entra dans la Carrière et devint secrétaire général du ministère des Affaires étrangères en 1920. Ami d'Aristide Briand. Il orienta pendant dix ans la politique étrangère de la France. Il donna à Colette une once ; voir « Bâ-Tou » dans *La Maison de Claudine* et *Album Colette* de la Pléiade (Gallimard, 1984), n° 252. *P. 63.*

CARCO (François Carcopino-Tusoli, dit Francis Carco), 1886-1958. Romancier et poète de la Butte Montmartre, entre autres. Colette et l'auteur de *Jésus la Caille* (1914) se sont connus à la fin de la première guerre. En 1920 et 1924, Carco et sa première femme, Germaine, passèrent plusieurs étés ainsi que les Mar-

chand, dans la villa Rozven que Colette avait au bord
de la mer, près de Saint-Malo. A l'époque de Saint-
Tropez « les Carco » désigne Francis et sa seconde
femme Éliane. Après la Seconde Guerre mondiale les
deux écrivains se retrouvèrent à la table des Goncourt. Les lettres de Colette à Carco ont été publiées
dans *LP*, p. 204-260. Carco a lui-même publié ses
souvenirs de cette longue amitié dans *Colette « mon
ami »*, Editions Rive Gauche, 1955. Ses *Chansons
aigres-douces* ont été illustrées par Dunoyer de Segonzac et L.-A. Moreau. *P. 55, 58, 60, 72, 111, 140.*

COCTEAU (Jean), 1889-1963. Quand elle écrit *La Naissance du jour*, Colette connaît peu Cocteau, qui
deviendra, après la Seconde Guerre mondiale, son
voisin au Palais-Royal et qui lui succédera à l'Académie royale de langue et de littérature françaises de
Belgique. Voir *LP*, p. 439-443. *P. 59.*

CONSIDERANT (Victor), 1805-1893. (Colette écrit ou
laisse imprimer Considérant.) Il fut le propagateur de
la pensée de Ch. Fourier et la laïcisa, pour ainsi dire,
lui retirant la dimension poétique. C'est, à notre connaissance, la seule mention du nom de ce théoricien
du socialisme qu'on trouve dans l'œuvre de Colette. Il
est probable que c'est par ses frères que Sido rencontra Considerant. *P. 164.*

DARAGNÈS (Jean-Gabriel), 1886-1950. Peintre, mais
surtout dessinateur, graveur et maître-imprimeur. Il
a illustré de nombreux livres, notamment *La Bohème
et mon cœur* de Francis Carco. Le catalogue de ses
œuvres a été préfacé par Pierre Mac Orlan ; il contient
un portrait par Dunoyer de Segonzac. *P. 137.*

DIGNIMONT (André), 1891-1965, surnommé « le Grand
Dig » par Colette. Peintre, graveur, illustrateur d'œuvres de Colette (*La Vagabonde*, 1926), de Pierre Mac
Orlan et de Francis Carco. Par l'intérêt qu'il porte au
« milieu » il est aux arts figurés ce que Carco est à la littérature ; voir *Ces messieurs-dames, ou Dignimont com-
menté par Carco* (1926). Autre publication de Carco :
Dignimont, texte illustré par l'artiste (Monte-Carlo,
Sauret, 1946). Les lettres que lui adresse Colette

depuis 1927 ont été recueillies dans *LP*, 311-323.
P. 59, 67, 73.

DIVINE ou la Divine : gardienne et femme à tout faire de
« La Treille muscate ». Elle s'appelait Mme Lamponi.
P. 57, *122*, *136*, *153*.

DORNY (Thérèse), 1891-1976. A l'époque de *La Naissance du jour*, cette actrice était la compagne de
Régis Gignoux. Après la mort de celui-ci, elle se lia
avec Dunoyer de Segonzac ; ils se marièrent en 1963.
P. 55, *137*, *138*, *141*.

DUNOYER DE SEGONZAC (André), dit Dédé, le Grand
Dédé, le Ravissant, 1884-1974. Peintre, aquarelliste,
graveur, il fut un des premiers à s'intéresser à Saint-
Tropez, où il fit de fréquents séjours à partir de 1906.
Il semble n'avoir rencontré Colette qu'au moment où
elle écrivait *La Naissance du jour*, en 1927-1928. Sa
propriété, «le Maquis», était située sur une colline
éloignée de trois kilomètres seulement de « La Treille
muscate » ; il la possédait indivise avec les peintres
Luc-Albert Moreau et André Villebœuf. Il fit à Saint-
Tropez de nombreuses études prises sur le vif pendant que Colette écrivait le texte correspondant, *La
Treille muscate*, qui sera repris dans *Prisons et Paradis*.
Le volume dû à la collaboration de Colette et de
Dunoyer de Segonzac et tiré seulement à 165 exem-
plaires parut en 1932 : c'est l'un des chefs-d'œuvre du
livre illustré. Dunoyer a aussi illustré le quatrième
Cahier de Colette (1936) et fait un portrait de Colette
pour *Gigi* (1944). Les lettres que Colette lui a adressées ont été recueillies dans les *Lettres à ses pairs*,
p. 342-357. Voir DORNY (Thérèse). *P.* 55, *58*, *60*, *76*,
83, *111*, *137*, *138*, *139*, *145*, *146*.

G... = Geneviève Robineau-Duclos, une des deux filles
d'Achille Robineau-Duclos, lui-même demi-frère,
selon l'état civil, de Colette. *P.* *165*.

GÉRALDY (Paul), 1885-1983. Il connut le succès avec un
recueil de vers faciles et intimistes, dont on s'est trop
moqué : *Toi et moi* (1913). Il avait rencontré Colette,
alors Mme Henry de Jouvenel, au *Matin*, en 1918. En
1934, séduit par *Duo*, il avait proposé d'adapter ce

roman à la scène. La première eut lieu au théâtre Saint-Georges le 10 octobre 1938. La pièce fut reprise au théâtre des Ambassadeurs en 1943 puis au Théâtre-Français en 1952. *P. 79, 80, 105, 120.*

GIGNOUX (Régis), 1878-1931. Auteur de romans, de pièces de théâtre et de revues, critique. Il avait écrit un très aimable — et peut-être davantage — portrait de Colette pour *Les Cahiers d'aujourd'hui* de décembre 1913. Voir DORNY (Thérèse). *P. 55, 137.*

GRIS (Juan), 1887-1927. Cet éminent représentant du cubisme n'apparaît dans *La Naissance du jour* que par métonymie. Il y a peu de chance que Colette l'ait connu personnellement. *P. 73.*

JOURDAN-MORHANGE (Hélène), 1888-1961. Violoniste, elle fut la compagne, puis la femme de L.-A. Moreau (voir à ce nom). Amie et interprète de Maurice Ravel, elle a consacré à celui-ci un livre : *Ravel et nous* (Genève, Editions du Milieu du Monde, 1945), accompagné de dessins de L.-A. Moreau et préfacé par Colette. *P. 66-67, 138, 141, 159.*

KISLING (Moïse), 1891-1953, Kiss par abréviation. Ce peintre, ami de Modigliani, Derain, Cocteau, Max Jacob, a notamment fait le portrait de Colette de Jouvenel ; voir l'*Album Colette* de la Pléiade (Gallimard, 1984), p. 180. *P. 76.*

LEJEUNE (Louis-Aimé), 1884-1969. Dans le *Dictionnaire* de Bénézit, ce sculpteur n'a droit qu'à une très brève notice. *P. 77.*

LINDER. Sans doute Philippe-Jacques Linder, né à Sarrelouis de parents français, élève de Gleyre ; il débuta au Salon en 1857. *P. 73.*

MAC ORLAN (Pierre Dumarchey dit Pierre), 1882-1970. Quand elle écrivait *La Naissance du jour* Colette connaissait peu le romancier d'*A bord de l'Etoile matutine* (1920), de la *Cavalière Elsa* (1921) et de *Quai des brumes* (1927). Leur amitié date de leurs premières rencontres à l'Académie Goncourt. *P. 59.*

MARCHAND (Léopold), 1891-1952. C'est en 1920 qu'il rencontra Colette laquelle lui proposa d'adapter *Chéri* à la scène. La pièce fut créée en décembre 1921 au théâtre Michel et obtint un grand succès. Puis, il adapta avec Colette *La Vagabonde*, créée au théâtre de la Renaissance en février 1923. Léopold Marchand, «mon petit Léo» comme l'appelait Colette, a donné aux scènes du Boulevard des pièces qu'il a signées seul : *Nous ne sommes plus des enfants, La Belle Amour, Mon gosse de père*, etc. En collaboration, il a écrit le livret de l'opérette *Trois Valses*. Avec sa femme Misz (en premières noces, Mme Alfred Savoir) il fut l'hôte de Colette à Rozven ; voir la notice sur Carco. Après la Seconde Guerre, Marchand adapte à la scène le roman *La Seconde* ; la pièce est créée au théâtre de la Madeleine en janvier 1951. Les lettres de Colette à Marchand occupent un tiers environ du recueil intitulé *Lettres de la Vagabonde* (Flammarion, 1961). *P.* 58.

MAURIAC (François) n'est cité, *p.* 60, que comme auteur de *Génitrix*. Ses relations épistolaires avec Colette ne sont pas attestées avant 1942 (*LP*, p. 415), mais il est vrai que celle-ci lui donne alors du «Cher ami».

MENDÈS (Catulle), 1841-1909. Il domina, en creux, la littérature française. Il avait prié Baudelaire de collaborer au premier *Parnasse contemporain* (1866). Quand Colette le rencontra, il avait pour compagne Marguerite Moreno. Dans *Mes apprentissages* (1936), Colette rapporte ce propos que tint justement le beau Catulle au vrai auteur des *Claudine* publiées sous le seul nom de Willy : «Dans vingt ans, trente ans, cela se saura. Alors vous verrez ce que c'est que d'avoir, en littérature, créé un type. Vous ne vous rendez pas compte. Une force, certainement, oh ! certainement ! Mais aussi une sorte de châtiment, une faute qui vous suit, qui vous colle à la peau, une récompense insupportable, qu'on vomit... Vous n'y échapperez pas, vous avez créé un type.» *P.* 82.

MOREAU (Luc-Albert), 1882-1948. Peintre et graveur. Grièvement blessé en 1918, traversé de cinquante éclats d'obus, il ne vécut ou ne survécut que grâce à son courage. Il a laissé des images des tranchées, des scènes de combats de boxe et de jeux de cirque, ainsi qu'une série de baudelairiennes lesbiennes. Parmi ses toiles, un *Segonzac au travail* ; parmi ses gravures, un portrait de Carco. Il a illustré *Les Feux de la Saint-Jean* de Roger Allard, écrivain délicat qui lui-même a consacré à L.-A. Moreau une plaquette intelligente dans la collection « Les Peintres français nouveaux » des Editions de la *Nouvelle Revue française* (nº 3, 1920) ; la couverture et la page de titre montrent un visage de Moreau dessiné par Segonzac. Pour les amis de Colette, L.-A. Moreau restera comme l'illustrateur de *La Naissance du jour*. Les lithographies de ce chef-d'œuvre illustré, comparable à *La Treille muscate* de Dunoyer de Segonzac, furent préparées à Saint-Tropez de 1928 à 1931 ; le volume parut en 1932. *P. 67, 99, 111, 140, 141.*

NOAILLES (comtesse Anna de), 1876-1933. Elle passa pour le plus grand (traditionnel) poète de son temps. Colette révérait en elle la figure de la Poésie. Leurs relations remontaient à 1904. Colette lui succéda à l'Académie royale de langue et de littérature françaises de Belgique et fit l'éloge de son prédécesseur (1936). Leurs lettres ont été recueillies dans les *Lettres à ses pairs*, p. 58. *P. 65.*

SAVOIR (Alfred Poznanski dit Alfred), 1883-1934, fut un auteur dramatique dont les vaudevilles fantasques et ironiques occupèrent souvent les scènes du Boulevard. Sa première femme, Misz Hertz, devint en 1922 la première femme de Léopold Marchand. Voir *LP*, 209-210. *P. 63.*

SCHWOB (Marcel), 1867-1905. Colette le connut lorsqu'elle était toute jeune : sa première lettre conservée (*LP*, p. 11) est du 9 décembre 1893, l'année du mariage avec Willy. Erudit, poète en prose (*Le Livre de Monelle*), traducteur de *Moll Flanders* de Daniel Defoe, Schwob savait tout ce qu'il est possible de savoir et même ce que l'on ne doit pas savoir. Entre lui et Colette, un lien complémentaire : Marguerite Moreno, dont il fut le premier mari. *P. 64.*

VILLEBŒUF (Suzanne), femme du peintre paysagiste André Villebœuf (1893-1956), qui fut aussi illustrateur de livres et compta au nombre des amis de Dunoyer de Segonzac et de Daragnès. Voir la notice sur Dunoyer de Segonzac. *P. 138, 139, 147.*

VOLTERRA (Léon). Directeur du Casino de Paris qui, grâce à lui, devient célèbre en 1917 par la beauté de ses revues. C'est Volterra qui fit découvrir le jazz au grand public français après l'arrivée en France des troupes américaines. *P. 147.*

NOTE BIBLIOGRAPHIQUE

On ne connaît pas de manuscrit *complet* de *La Naissance du jour*.

Les éditions séparées des œuvres de Colette et les deux éditions des *Œuvres complètes* ont été recensées à la fin de la Chronologie.

Ces deux éditions des *Œuvres complètes* sont incomplètes, Colette n'ayant réuni en volumes qu'une partie de sa très abondante production, disséminée dans les périodiques.

La première édition « scientifique » est en cours de publication dans la Bibliothèque de la Pléiade (Gallimard), sous la direction de Cl. Pichois. Elle suit l'ordre chronologique de publication des livres de Colette. Chaque volume contient une préface biographique et littéraire, une chronologie développée, une notice sur chaque œuvre, des appareils critiques et des notes, ainsi qu'une bibliographie qui recense non seulement les livres publiés par Colette, mais aussi tous les articles qui ont pu être retrouvés. Cette collection d'*Œuvres*, qui ne veut ni ne peut actuellement se qualifier de « complètes », est prévue en quatre volumes. Le tome I a paru en mai 1984 : il contient les textes publiés de 1900 à 1910, de *Claudine à l'école* jusqu'à *La Vagabonde* incluse.

La première édition des *Œuvres complètes* (Le Fleuron) contient au tome XV (1950) une bibliographie des œuvres de Colette publiées en volumes, ainsi que des études relatives à la vie et à l'œuvre de Colette.

Une autre bibliographie, celle-ci sélective et commentée, avec tous les risques, mérites et défauts qui sont inhérents à cette conception, a paru dans le remarquable recueil dirigé par Richard A. Brooks et Douglas W. Alden : *A Critical Bibliography of French Literature*, vol. VI, *The Twentieth Century*, Part 1, Syracuse University Press, 1980. La section Colette y est due à Elaine Marks ; elle occupe les numéros 5971 à 6323.

Des *Cahiers Colette* sont édités par la Société des Amis de Colette depuis 1977 (Mairie de Saint-Sauveur-en-Puisaye, F-89520 Saint-Sauveur). Le responsable des *Cahiers* est Alain Brunet, 105, rue Aristide-Briand, F-92300 Levallois-Perret.

OUVRAGES A CONSULTER

1. *Etudes générales* :
Catalogue de l'exposition *Colette*, Paris, Bibliothèque Nationale, 1973.
Germaine BEAUMONT et André PARINAUD, *Colette*, Le Seuil, Ecrivains de toujours [nouvelle édition], 1981.
Maurice GOUDEKET, *Près de Colette*, Paris, Flammarion, 1956 ; à compléter par *La Douceur de vieillir* (Flammarion, 1965), du même auteur.
Jean LARNAC, *Colette, sa vie, son œuvre*, Paris, Krâ, 1927.
Claude CHAUVIÈRE, *Colette*, Paris, Firmin Didot, 1931.
Pierre TRAHARD, *L'Art de Colette*, Paris, Jean Renard, 1941.
Thierry MAULNIER, *Introduction à Colette*, Paris, La Palme, 1954.
Madeleine RAAPHORST-ROUSSEAU, *Colette, sa vie et son art*, Paris, Nizet, 1964.
Joan Hinde STEWART, *Colette*, Boston, Twayne's World Authors Series, Twayne Publishers, 1983.
Michel MERCIER, *Le Roman féminin*, Presses Universitaires de France, collection SUP, 1976.

2. Pour l'interprétation littéraire de *La Naissance du jour*, on consultera en particulier :

Nicole HOUSSA, *Le Souci de l'expression chez Colette*, Bruxelles, Palais des Académies, 1958.

Elaine MARKS, *Colette*, Rutgers University Press (New Jersey, Etats-Unis), 1960.

Marcelle BIOLLEY-GODINO, *L'Homme-objet chez Colette*, Klincksieck, 1972.

Elaine HARRIS, *L'Approfondissement de la sensualité dans l'œuvre romanesque de Colette*, A.-G. Nizet, 1973.

Bernard BRAY, « La Manière épistolaire de Colette : réalité et invention », *Colloque de Dijon*, 1979, publié dans *Cahiers Colette*, n° 3/4, 1981.

Jean-Pierre DUQUETTE, de l'Académie canadienne-française, *Colette, l'amour de l'amour*, coll. Constantes, Québec, Hurtubise HMH, 1983.

CHRONOLOGIE

1873 (28 janvier) : naissance de Sidonie-Gabrielle
Colette à Saint-Sauveur-en-Puisaye, dans l'Yonne.
Son père : Joseph-Jules Colette, né à Toulon le 26 septembre 1829, officier de carrière, capitaine à vingt-six
ans. Blessé durant la guerre d'Italie, amputé de la
jambe gauche, il dut quitter l'armée et fut nommé
percepteur de Saint-Sauveur. Sa mère : Sidonie Landoy, née à Paris le 12 août 1835, avait épousé le
15 janvier 1857 Jules Robineau-Duclos de qui elle eut
deux enfants : Juliette («ma sœur aux longs cheveux») et Achille («l'aîné sans rivaux»), mais qui ne
sut pas la rendre heureuse. Elle épousera le capitaine
Colette le 20 décembre 1865, onze mois après la mort
de son premier mari, survenue le 30 janvier de la
même année. De ce second mariage, avant le futur
écrivain, était né Léo. — Rimbaud fait imprimer *Une
saison en enfer*.

1873 (et années suivantes) : la jeune Colette va fréquenter l'école de Saint-Sauveur et, à seize ans, elle passera
son brevet élémentaire. Elle complète son éducation
par des lectures de Mérimée, de Balzac, de Hugo, de
Dumas et de Zola. — Ces années sont richement
représentées dans la littérature contemporaine ; il suffit de rappeler les noms de Verlaine, de Mallarmé, de
Laforgue, des romanciers naturalistes, ceux, encore,
de Barrès et de Bergson. Michelet (1874), Flaubert
(1881), Hugo (1885) disparaissent.

1890 Claudel : *Tête d'or* ; Gide : *Les Cahiers d'André*

Walter ; premiers poèmes de Valéry ; fondation du *Mercure de France*, dirigé par Alfred Vallette, et, par les frères Natanson, de la *Revue blanche*.

1891 : Le Capitaine n'ayant pas su gérer la fortune de sa femme, la famille est obligée de quitter Saint-Sauveur et de s'installer à Châtillon-Coligny, dans le Loiret, près de la maison d'Achille devenu médecin.

1893 (15 mai) : mariage avec Henry Gauthier-Villars, dit Willy (né le 10 août 1859 à Villiers-sur-Orge), fils d'un éditeur parisien qui est l'ami du capitaine Colette. Journaliste, célèbre par ses calembours, critique musical, auteur des « Lettres de l'ouvreuse », wagnérien convaincu, il collabore à *L'Echo de Paris*, à la *Revue blanche*, à la *Revue encyclopédique*, à la *Revue internationale de musique* et publie une série de romans dits « légers » que leurs titres seuls suffisent à classer : *La Môme Picrate, Un petit vieux bien propre, Suzette veut me lâcher*, etc. Pour son abondante production, il a une « usine », où il emploie des « nègres » : Paul-Jean Toulet, Curnonsky, et bien d'autres. Il fera connaître à Colette le Tout-Paris avant de la faire entrer dans son équipe par la série des *Claudine* et des *Minne*. — Verhaeren : *Les Campagnes hallucinées*.

1900 : Publication de *Claudine à l'école* (chez Paul Ollendorff) qui, ainsi que les autres *Claudine* et les deux *Minne*, paraît en première édition sous le seul nom de Willy. Les éditions suivantes seront publiées sous les noms de : « Willy et Colette Willy ». — Claudel : *Connaissance de l'Est*.

1901 : *Claudine à Paris* (Ollendorff).

1902 (21 janvier) : aux Bouffes-Parisiens, première de *Claudine à Paris*, comédie en trois actes, précédée d'un prologue, *Claudine à l'école*, dus à Willy et Luvey (= Lugné-Poe et Charles Vayre) ; Polaire dans le rôle de Claudine. Willy, en barnum de la littérature légère, promène dans Paris ses « twins » : Polaire et Colette. — Publication de *Claudine en ménage* (Mercure de France).

1903 : *Claudine s'en va* (Ollendorff).

1904 : *Minne* (Ollendorff). Colette publie au Mercure de France sous le nom de Colette Willy : *Dialogues de bêtes* (« Sentimentalité », « Le Voyage », « Le Dîner est en retard », « Le Premier Feu »). — Claudel : *Cinq Grandes Odes* ; Romain Rolland : *Jean-Christophe*, t. I.

1905 : *Les Egarements de Minne* (Ollendorff). Autre édition, toujours au Mercure, de *Dialogues de bêtes*, complétée de trois nouveaux dialogues et préfacée par Francis Jammes. — 17 septembre : Mort du père de Colette. — Claudel : *Partage de midi.*

1906 : Au début de l'année, Colette prend des leçons de pantomime avec Georges Waag, dit Wague (né à Paris le 15 janvier 1875), rénovateur de cet art. Le 6 février, elle crée une pantomime de Francis de Croisset et Jean Nouguès : *Le Désir, l'Amour et la Chimère.* Puis elle joue avec Wague, de 1907 à 1912 : *La Chair, L'Oiseau de nuit, Bat' d'Af* et *La Chatte amoureuse.* Colette suivit toujours avec intérêt la carrière de Georges Wague et s'employa à lui obtenir, en 1916, la classe de pantomime créée au Conservatoire et, en 1933, la classe de maintien et de mimique théâtrale et cinématographique. Sa carrière de mime fut interrompue par son mariage avec Henry de Jouvenel.

1907 (3 janvier) : Colette, qui vit avec la fille du duc de Morny, « Missy », divorcée du marquis de Belbeuf, fait scandale au Moulin-Rouge. Elle paraît avec Missy dans une pantomime, *Rêve d'Egypte.* Le public se déchaîne : cris, huées et sifflets. A la représentation suivante, Wague prend le rôle joué par Missy, et *Rêve d'Egypte* devient *Songe d'Orient*, sans que pour autant le scandale s'apaise. — *La Retraite sentimentale*, signée Colette Willy (Mercure de France).

1908 : *Les Vrilles de la vigne* (aux éditions de *La Vie parisienne*). — Jules Romains : *La Vie unanime.*

1909 (22 janvier) : première, au théâtre des Arts, de la pièce *En camarades* (qui sera publiée en 1919 à la suite de *Mitsou*, Mercure de France). Colette y joue le rôle de Fanchette. — *L'Ingénue libertine* (Ollendorff) reprend, en les dégraissant, *Minne* et *Les Egarements de Minne*.

1910 (21 juin) : le divorce est prononcé entre Colette et Willy, séparés de fait depuis plusieurs années. — *La Vagabonde* (Ollendorff), publiée d'abord dans *La Vie parisienne*. — A partir du 2 décembre, Colette collabore au *Matin*, où elle fait la connaissance de Henry de Jouvenel (1876-1935), qui en était le rédacteur en chef. Il épousa Colette le 19 décembre 1912. Elu en 1921 sénateur de la Corrèze, il fut, en 1922 et 1924, délégué de la France à la Société des Nations. Haut-commissaire de France en Syrie en 1925 et 1926, il sera ambassadeur à Rome en 1933 pour tenter un rapprochement avec l'Italie de Mussolini. — Péguy : *Le Mystère de la charité de Jeanne d'Arc*.

1912 (25 septembre) : mort de Sido à Châtillon-Coligny. — Claudel : *L'Annonce faite à Marie*.

1913 (3 juillet) : naissance de sa fille, Colette de Jouvenel, surnommée Bel-Gazou. — *L'Envers du music-hall* (Flammarion) ; *L'Entrave* (Librairie des Lettres) parue d'abord dans *La Vie parisienne*. — 31 décembre : mort d'Achille à Paris. — Proust commence la publication d'*A la recherche du temps perdu*.

1914 (Octobre): Colette assure des gardes de nuit auprès des blessés soignés au Lycée Janson-de-Sailly, transformé en hôpital. — Gide : *Les Caves du Vatican*.

1916 : *La Paix chez les bêtes* (chez Georges Crès, puis, en 1921, chez Fayard).

1917 : *Les Heures longues* (Fayard). — Valéry : *La Jeune Parque*.

1918 : *Dans la foule* (Georges Crès). — Première version cinématographique de *La Vagabonde*. — Duhamel : *Civilisation*.

1919 : *Mitsou* (Fayard). — On confie à Colette la direction des « Contes » du *Matin*. — Jean Cocteau : *Le Potomak*.

1920 : Pendant l'été, publication de *Chéri* (Fayard) qui parut d'abord en feuilleton dans *La Vie parisienne*. — Recueil de nouvelles sous le titre *La Chambre éclairée* (collection « L'Edition originale illustrée », chez Edouard Joseph). — 25 septembre : Colette est nommée chevalier de la Légion d'honneur. — Breton et Soupault : *Les Champs magnétiques* ; Dada à Paris : fondation de *Littérature* ; Roger Martin du Gard commence la publication des *Thibault*.

1921 : *Chéri*, pièce écrite d'après le roman par Colette en collaboration avec Léopold Marchand, est créée au théâtre Michel, le 13 décembre ; elle sera reprise au Daunou en février 1925.

1922 : *La Maison de Claudine* (Ferenczi ; rééditée en 1930 chez le même éditeur, augmentée de cinq textes inédits). — *Le Voyage égoïste* (Edouard Pelletan ; réédité en 1928 chez Ferenczi, la moitié du volume étant alors inédite en librairie). — Valéry : *Charmes* ; Morand : *Ouvert la nuit* ; Mauriac : *Le Baiser au lépreux* ; mort de Proust.

1923 (3 février) : première représentation au théâtre de la Renaissance de *La Vagabonde*, pièce tirée de l'œuvre de Colette par Colette et Léopold Marchand. — En mars, conférences dans le Midi sur « L'homme chez la bête ». — En juin, paraît *Le Blé en herbe* (Flammarion). Colette adopte enfin le simple nom qui va la rendre célèbre. — Octobre : la « Collection Colette » — des romans — commence à paraître chez Ferenczi. — En novembre, conférences dans le Midi. En décembre, à Nantes, puis dans le Sud-Ouest ; sujet : « Le théâtre vu des deux côtés de la rampe ». A son retour, elle constate que Jouvenel a quitté le domicile conjugal. — Gide : *Dostoïevsky* ; Cocteau : *Thomas l'imposteur* ; mort de Barrès.

1924 : *La Femme cachée* (Flammarion), recueil de nouvelles. — Février : elle quitte *Le Matin*. — *Aventures* *quotidiennes* (Flammarion). — D'avril à septembre elle donne chaque dimanche un article au *Figaro* sous la rubrique « L'Opinion d'une femme ». — Décembre : Colette joue *Chéri* à Monte-Carlo. — Mort d'Anatole France ; premier *Manifeste* du Surréalisme ; Drieu La Rochelle : *Mesure de la France* ; Saint-John Perse : *Anabase.*

1925 : En mars, première représentation à l'Opéra de Monte-Carlo de *L'Enfant et les sortilèges* de Maurice Ravel, dont Colette, une dizaine d'années plus tôt, avait écrit le livret. La première représentation parisienne sera donnée à l'Opéra-Comique le 1er février 1926. — Rencontre de Maurice Goudeket. — Le 6 avril : divorce d'avec Jouvenel. — Tournées théâtrales avec *Chéri.* — Pierre Jean Jouve : *Paulina 1880* ; Supervielle : *Gravitations.*

1926 *La Fin de Chéri* (Flammarion). — Avril : voyage au Maroc avec Maurice Goudeket (ils sont les invités du Glaoui, pacha de Marrakech). — Colette achète « La Treille muscate » à Saint-Tropez ; du boulevard Suchet, elle va s'installer au Palais-Royal. Elle le quittera une première fois en janvier 1931, puis reviendra s'y fixer définitivement en 1938. — Fin de l'année : tournée de conférences en Suisse. — Aragon : *Le Paysan de Paris* ; Eluard : *Capitale de la douleur* ; Malraux : *Tentation de l'Occident* ; Bernanos : *Sous le soleil de Satan.*

1927 (du 5 au 26 janvier) : reprise, au théâtre de l'Avenue, de *La Vagabonde,* avec Colette, Marguerite Moreno, Pierre Renoir, Paul Poiret. — Mauriac : *Thérèse Desqueyroux.*

1928 : *La Naissance du jour* (Flammarion). — 5 novembre : Colette est nommée officier de la Légion d'honneur. — Breton : *Nadja* ; Aragon : *Traité du style* ; Giraudoux : *Siegfried.*

1929 : *La Seconde* (Ferenczi), publiée d'abord, du 1er janvier au 1er mars, dans *Les Annales.* — Voyage en Espagne et à Tanger (où le Glaoui avait mis une villa à la disposition de Colette et de M. Goudeket). — Tournée de conférences en Allemagne à la fin de l'année.

1930 : *Sido* (Ferenczi) ; le deux premières parties avaient été publiées en 1929 chez Krâ. — Juillet-août : croisière en Norvège. — Deuxième *Manifeste* du Surréalisme.

1931 : Colette collabore au film parlant tiré de *La Vagabonde*. — Mars : conférence à Bucarest. — Avril : tournée de conférences en Afrique du Nord, de Tunis à Oran. 5 septembre : Colette se casse la jambe. Les séquelles de cet accident ont sans doute provoqué la crise d'arthrite qui l'a clouée sur son «radeau» à la fin de sa vie.

1932 : *Ces plaisirs* (Ferenczi), qui reparaîtront en 1941 aux Armes de France sous le titre : *Le Pur et l'Impur*. — Colette écrit les sous-titres français de *Jeunes filles en uniforme*. 1er juin : rue de Miromesnil, à Paris, elle ouvre un Institut de beauté. — En novembre, paraît chez Ferenczi *Prisons et Paradis* qui contient *La Treille muscate* d'abord publiée la même année dans une édition de luxe illustrée par André Dunoyer de Segonzac. Cette année-là, nombreuses conférences en France, en Allemagne, en Suisse et en Belgique. — Breton : *Les Vases communicants* ; Jules Romains commence la publication des *Hommes de bonne volonté*.

1933 (Début d'année) : conférences à Paris et en province. — *La Chatte* (Bernard Grasset), publiée d'abord dans *Marianne* d'avril à mai. — Dialogues de *Lac aux Dames*, film réalisé par Marc Allégret. — Colette commence, le 8 octobre, à assurer la critique dramatique hebdomadaire pour *Le Journal* ; elle la poursuivra pendant cinq ans, jusqu'au 12 juin 1938. Les chroniques seront reprises en volumes sous le titre : *La Jumelle noire*, chez Ferenczi ; 1re année (1934), 2e année (1935), 3e année (1937), 4e année (1938). La 5e année, inédite, sera publiée dans les

Œuvres complètes. — Pierre Jean Jouve : *Sueur de sang* ; Malraux : *La Condition humaine.*

1934 : *Duo* (Ferenczi) publié d'abord, du 12 au 31 octobre, dans *Marianne.* — Dialogues de *Divine*, film réalisé par Max Ophüls, dont les extérieurs furent tournés au Domaine de Mauvanne (propriété de Simone Berriau), aux Salins-d'Hyères. — Aragon : *Les Cloches de Bâle* ; René Char : *Le Marteau sans maître.*

1935 (9 mars) : Colette est élue à l'Académie royale de langue et de littérature françaises de Belgique. Elle y succède à Anna de Noailles et aura elle-même pour successeur Jean Cocteau. — 3 avril : mariage avec Maurice Goudeket. En juin, ils prennent part à la première traversée du paquebot *Normandie*, qui enlève le « Ruban bleu ». Bref séjour à New York.

1936 : *Mes apprentissages* (Ferenczi), livre de souvenirs. — 21 janvier : Colette est nommée commandeur de la Légion d'honneur. — 4 avril : elle est officiellement reçue à l'Académie royale de Belgique. — *Bella-Vista* paraît dans *Gringoire* du 18 septembre au 9 octobre. Le volume sera publié en 1937 chez Ferenczi. — Montherlant : *Les Jeunes Filles.*

1937 (10 octobre) : création de *Duo* au théâtre Saint-Georges, pièce tirée du roman de Colette par Paul Géraldy. — En novembre, Colette est envoyée à Fez avec Maurice Goudeket par *Paris-Soir* afin de rendre compte d'un procès d'assassinat de prostituées. Le récit en sera repris dans *Journal à rebours*. — Sartre : *La Nausée* ; Nathalie Sarraute : *Tropismes* ; Drieu La Rochelle : *Gilles.*

1939 : *Le Toutounier*, suite de *Duo*, chez Ferenczi. — En mars-avril, reportage du procès de Weidmann, tueur célèbre condamné à mort le 2 avril par la cour d'assises de Versailles. Une partie des articles de Colette sera recueillie dans *Mes cahiers*. — Après la déclaration de guerre, émissions radiophoniques avec Maurice Goudeket à *Paris-Mondial*, destinées aux pays d'outre-mer. Une seule de ces causeries, « La

Chaufferette », a été reproduite dans *Journal à rebours*.

1940 : Léo Colette meurt le 7 mars à Bléneau (Yonne). — Exode jusqu'à Curemonte, en Corrèze, où se trouve sa fille, et retour à Paris le 11 septembre : le récit de ces semaines paraîtra dans *Journal à rebours*. — En novembre, publication de *Chambre d'hôtel* (Fayard).

1941 : *Journal à rebours* (Fayard). — *Julie de Carneilhan* (Fayard), roman publié d'abord dans *Gringoire* du 13 juin au 22 août. *Mes cahiers* (Aux Armes de France) où se lit une féerie-ballet qui n'a jamais été représentée : *La Décapitée*. — 12 décembre : arrestation de Maurice Goudeket par les Allemands. Conduit au camp de Compiègne, il sera libéré le 6 février 1942.

1942 : Publication de *Gigi* dans l'hebdomadaire *Présent* du 28 octobre au 24 novembre. Le roman paraît ensuite à la Guilde du Livre (Lauzanne). Réédité en 1945 chez Ferenczi, augmenté d'autres nouvelles. — *De ma fenêtre* (Aux Armes de France) réédité en 1944 sous le titre *Paris de ma fenêtre* (Genève, Editions du Milieu du Monde). — Colette est immobilisée par une arthrite, qui l'obligera à passer allongée les dernières années de sa vie. — Montherlant : *La Reine morte* ; Camus : *L'Etranger* ; *Le Mythe de Sisyphe*.

1943 : *Le Képi* (Fayard). — Sartre : *Les Mouches* ; Aragon : *Les Voyageurs de l'impériale* ; Simone de Beauvoir : *L'Invitée*.

1944 : *Trois-Six-Neuf* (Corrêa ; réédité en 1946). — Breton : *Arcane 17*.

1945 : *Belles Saisons* (Editions de la Galerie Charpentier), réédité en 1947 aux Editions Mermod de Lausanne. Le volume reparaîtra, complété d'inédits, après la mort de Colette. — Colette est élue à l'Académie Goncourt, au couvert de Jean de La Varende. Elle aura elle-même pour successeur Jean Giono. En 1949, à la mort de Lucien Descaves, Roland Dorgelès s'effacera devant elle et elle deviendra présidente de l'Académie. — En août, séjour chez Simone Berriau, aux Salins-d'Hyères.

1946 (Juillet) : *L'Etoile Vesper* (Genève, Editions du Milieu du Monde).

1947 : En mai et juin, Colette fait un séjour en Suisse pour un traitement de son arthrite qui fut sans résultat appréciable. — Camus : *La Peste*.

1948 : *Pour un herbier* (Lausanne, Mermod), édition illustrée par Dufy. — En juillet, séjour chez Simone Berriau, où Colette apprend, le 14, la mort de sa grande amie, Marguerite Moreno.

1948-1950 : Publication en quinze volumes des *Œuvres complètes*, aux Editions du Fleuron, firme créée par Maurice Goudeket.

1949 : *Trait pour trait* (Le Fleuron), *Journal intermittent* (Le Fleuron), *Le Fanal bleu* (Ferenczi), *La Fleur de l'âge* (Le Fleuron), *En pays connu* (Manuel Brucker), *Chats* (Albin Michel). — *Chéri* (nouvelle version) est repris au théâtre de la Madeleine avec Valentine Tessier et Jean Marais, à partir du 30 octobre.

1951 : Au printemps, Colette découvre Audrey Hepburn, petite figurante qui tournait un film à Monte-Carlo. Elle lui donne sa chance : jouer *Gigi* à Broadway, en automne. — 1949-1951 : Aragon : *Les Communistes*.

1953 : Adaptation de la pièce hollandaise *Ciel de lit*, de Jan de Hartog, jouée au théâtre de la Michodière à partir du 13 avril. — Le 30 mars, Colette est nommée grand-officier de la Légion d'honneur.

1954 (janvier) : Première mondiale du film tiré du *Blé en herbe*, avec Edwige Feuillère. — 3 août : mort de Colette. La France lui fait des funérailles nationales au Palais-Royal. — Simone de Beauvoir : *Les Manda-*

rins ; Montherlant : *Port-Royal* ; Françoise Sagan : *Bonjour tristesse*.

Après la mort de Colette paraissent *Belles Saisons* (1955), *Paysages et Portraits* (1958) et, par les soins de Cl. Pichois et de Mme R. Forbin, cinq recueils de lettres : *à Hélène Picard* (1958), *à Marguerite Moreno* (1959), les *Lettres de la Vagabonde* (1961), adressées à Léon Hamel, à Georges Wague et à Léopold Marchand, les *Lettres au Petit Corsaire* (1963), adressées à Renée Hamon, les *Lettres à ses pairs* (1973), adressées à des écrivains et à des artistes. Ces sept volumes ont été publiés par les Editions Flammarion. Leur contenu est repris dans la deuxième édition des *Œuvres complètes* publiée de 1973 à 1976 par les Editions Flammarion et le Club de l'Honnête Homme en seize volumes.

TABLE DES MATIÈRES

GF Flammarion

03/04/99842-IV-2003 – Impr. MAURY Eurolivres, 45300 Manchecourt.
N° d'édition FG043013. – Septembre 1981. – Printed in France.